W0243354

LA CONFUSION DES PEINES

Laurence Tardieu est née en 1972 à Marseille. Auteur de plusieurs romans, elle a obtenu le prix Alain-Fournier pour *Puisque rien ne dure* (Stock, 2006). Elle vit aujourd'hui à Paris et se consacre à l'écriture.

Paru dans Le Livre de Poche :

Puisque rien ne dure

Rêve d'amour

Un temps fou

LAURENCE TARDIEU

La Confusion des peines

ROMAN

STOCK

L'auteur remercie le Centre National du Livre
pour son aide.

© Éditions Stock, 2011.
ISBN : 978-2-253-16658-0 – 1re publication LGF

À mon père

La vie est de brûler des questions. Je ne conçois pas d'œuvre comme détachée de la vie.

Antonin ARTAUD,
L'Ombilic des limbes

Tu ne veux pas que j'écrive ce livre. Tu me l'as dit. Tu me l'as demandé. Tu y avais pensé toute la soirée, toute la nuit, tu ne voulais pas. Ou, plus précisément, tu ne voulais pas que je l'écrive maintenant. Ce livre, Laurence, tu l'écriras quand je serai mort. Voilà ce que tu m'as dit.

Tu me l'as dit par téléphone, un soir, de ta voix douce et posée. Si quelqu'un s'était tenu à tes côtés, avait écouté la conversation, il aurait pensé : Cet homme est calme. Il parle calmement à sa fille. Mais moi je te connais, nous nous ressemblons tant, nous sommes faits de la même pâte, de la même impuissance, je pouvais déceler dans ta voix une tension imperceptible, quelque chose d'extrêmement ténu, la voix à peine plus grave, moins chaude, ce n'était rien, un souffle, une très légère défaillance, mais moi je l'entendais, je la sentais, j'entendais tes paroles et je ressentais cette tension, que tu cachais, que tu recouvrais de tes mots, de ta voix, de ton sourire. L'enjeu de cet appel était pour toi essentiel, nous le savions tous les deux, ce que tu me demandais était de l'ordre de la prière, de la supplique, mais rien dans ta voix ne l'aurait laissé supposer : tu ne révélais rien de ton émotion. Tu parlais et ta voix était claire. Tu avais les arguments. Tu expliquais. Tu ne disais rien de cette angoisse qui t'avait évidemment submergé lorsque tu avais lu ce que je t'avais demandé. Comme toujours tu ne disais rien. Tu caches. Tu n'exprimes pas. Toujours le sourire, la douceur, l'enveloppement. Pas de problème, il n'y a pas de problème, jamais. Moi aussi avec toi je cache. Je tais. Je ne dis pas. Je formule des phrases, je prononce des paroles, mais pas celles que je voudrais te dire, celles que je porte en moi, qui sont ce que je vis, ce que j'éprouve, qui me définissent. Avec toi je contourne. Je fais semblant. Je passe à côté de moi. L'amour, par exemple : il est là, immense, mais surtout ne pas le manifester. C'est impossible. Effrayant. Ça ne peut pas se dire. Une seule fois, j'ai dérogé à la règle. Tu ne t'en souviens sans doute pas, tu as dû effacer cet épisode, soigneusement, le mettre de côté – chez nous on met de côté ce qui déborde, on ne conserve que ce qui est bien propre, bien net, ce qui peut s'exprimer avec des mots clairs qui empêchent tout égarement. C'est le matin où maman est morte. Elle est morte à huit heures trente, à neuf heures dix j'étais sur le palier de votre appartement, j'ouvrais la porte, je t'apercevais, tu étais là, debout dans le salon les bras ballants, loin de la chambre où elle venait de mourir, je suis allée vers toi, je me suis jetée dans tes bras, je t'ai serré de toutes mes forces, c'était mon chagrin, sans mesure, c'était mon amour aussi, je venais de perdre ma mère et toi mon père tu te tenais devant moi, je t'avais encore, je pouvais te toucher, t'étreindre, rien n'avait jamais été aussi douloureux et aussi beau, l'un manquait mais l'autre était resté, c'était la mort et la vie dans la même évidence poignante, alors je te serrais, je pensais que c'était un instant qui nous autorisait ça, se serrer dans les bras.

Tu t'es dégagé, légèrement surpris, mal à l'aise : tu ne voulais pas. Même ce matin-là, il ne fallait pas. Entre nous pas d'effusions. On ne dit pas la douleur. On ne dit pas l'amour. On en vibre, on en défaille, mais on les tait. On les cache.

Je t'ai dit oui. Comme toujours, je t'ai dit oui. J'ai dit que je comprenais. Je t'entendais me parler, m'exposer ce qu'au fond je savais que tu m'objecterais, et les mots, ceux que j'aurais voulu exprimer à cet instant, ceux qui cognaient en moi, avec une telle violence qu'il me semblait presque les *sentir*, car ces mots-là, à mesure que tu formulais, que tu m'interdisais, ce n'était plus des mots mais un grondement, un cri, celui que je voulais pousser depuis longtemps, celui de l'effroi devant l'impossible, ces mots-là, je ne les ai pas prononcés. Je les ai étouffés. Je me suis repliée dans le silence. J'ai pensé que j'y parviendrais. À me taire. À ne pas écrire le livre. J'en écrirais un autre. C'est ce que je me disais, très vite, tandis que tu continuais à parler. J'en écrirais un autre. Celui-là je m'obligerais, à toute force, à l'oublier.

Je t'ai remercié. C'est mon éducation. La tienne, celle que tu m'as transmise : on demeure poli en toutes circonstances. On reste smart, quand bien même on valdingue. S'effondrer, oui, mais avec grâce. Le sourire aux lèvres. Je t'ai remercié de m'avoir donné une réponse aussi prompte. Je le pensais sincèrement. Tout était résolu : tu ne voulais pas que j'écrive ce livre, je ne l'écrirais pas. Je t'obéirais. Ça irait. Bien sûr, ça irait. Comme il avait toujours fallu que ça aille, comme il en avait toujours été. Tu as eu confiance en moi, tu m'as crue. Tu as cru ce en quoi je croyais. J'ai perçu un très léger relâchement dans ta voix : la tension se dissipait. Ta voix redevenait parfaitement chaude. Tu m'as dit qu'à Nice, c'était la canicule. Que même à la maison, il n'y avait pas un souffle d'air. Ta mère allait très bien, elle était heureuse, tu étais auprès d'elle quelques jours. J'ai pensé à ma grand-mère. Je vous ai imaginés côte à côte. Mon père et sa vieille mère. J'aurais voulu dire quelque chose qui s'adresse à vous deux. Déjà tu m'embrassais, déjà je te répondais « Moi aussi ». Tu raccrochais.

L'affaire était réglée.

« Alors Laurence, dis-moi, qu'est-ce que tu préfères, la mer ou la montagne ? » Je devais avoir huit ans, c'était l'hiver, une après-midi, nous étions en Suisse, sur un téléski, là-bas ils se prennent à deux et on peut bavarder durant le temps de la montée, cette fois tu avais choisi de le prendre avec moi, j'avais dû en être fière, heureuse, l'ennui c'est que tu étais bien plus lourd que moi et le déséquilibre était tel que pendant tout le parcours j'étais au bord de la chute, je me crispais de toutes mes forces pour ne pas tomber, je m'évertuais à mettre tout mon poids sur ma jambe extérieure, tentant de ne pas m'effondrer à côté de toi qui discourais, qui ne te rendais compte de rien, tu as toujours eu un côté Professeur Tournesol, et cette question, je m'en souviens, tu me l'avais posée dans ce paysage magnifique de sommets enneigés, dans ce silence très particulier qui n'existe qu'à la montagne, et elle m'avait paru fondamentale : choisir entre la mer et la montagne c'était choisir entre l'eau et la terre, le chaud et le froid, l'horizontal et le vertical, c'était, d'une certaine manière, dire un peu qui j'étais. Aujourd'hui, plus de vingt-cinq ans après, je ne me rappelle pas ce que je t'avais répondu, je ne me souviens que de l'effroi qui m'avait saisie tandis que je mesurais l'enjeu de cette demande, l'effroi de ne pas me montrer à la hauteur de cet enjeu, de ne pas être capable de choisir – ou peut-être, plus simplement, de t'avouer que je ne savais pas, je n'avais pas la moindre idée de celle que j'étais. D'ailleurs, t'avais-je seulement répondu quelque chose ?

Pourquoi est-ce ce souvenir que ma mémoire exhume ce matin, alors que tout en moi se heurte à ce non que tu viens de m'opposer, ce bandeau invisible dont tu viens de recouvrir ma bouche ?

Depuis quelques mois, ma vie a changé. Histoires de ruptures. La vie différente de celle qu'on avait imaginée. Est-ce à cause de cela ? Tu m'as dit, « Ce livre, Laurence, tu l'écriras quand je serai mort. » Mais enfin, que sais-tu de l'instant de ma propre disparition ? Toi dont l'existence a pourtant prouvé de manière saisissante à quel point les vies peuvent d'un coup basculer, comment peux-tu être persuadé que je mourrai après toi ? Je ne crois plus au déroulement prévisible des existences, je n'ai jamais pensé que je disposais de beaucoup de temps devant moi.

Mais peut-être cela n'a-t-il rien à voir avec le temps qui me reste, peut-être est-ce plus impérieux encore : le sentiment que cette fois je n'ai plus le choix. Que t'obéir encore et me soumettre à ton désir de silence, continuer à me taire comme nous nous taisons depuis si longtemps, c'est me laisser tomber dans le gouffre à la lisière duquel je me tiens depuis toujours avec toi. C'est risquer d'y laisser ma raison, risquer d'y laisser ma peau.

On pourra me reprocher mon manque de légèreté. Je ne sais pas être légère, c'est vrai. Je n'ai jamais appris. Ça ne s'apprend sans doute pas, du reste. J'envie ceux qui savent l'être, qui traversent l'existence en virevoltant. Moi, je ne virevolte pas. J'aime danser, ne crois pas ça. J'adore danser. Toi aussi, d'ailleurs. Mais toi comme moi nous ne virevoltons pas. Chaque fois que je t'ai vu danser, j'étais partagée entre le fou rire et le serrement de cœur : je t'observais et me disais que tu dansais avec une incroyable gravité, comme si ta vie dépendait de chacun de tes mouvements ; comme si, peut-être, tu accomplissais ta dernière danse. Tu es fou du film d'Ettore Scola, *Le Bal*. Tu pourrais en être un des personnages : grave, inoubliable.

Eh bien, tu vois, en cela je suis comme toi : je ne sais pas faire autrement. J'ai toujours en tête l'idée du fil qui peut se rompre. Je danse mes instants comme si c'étaient mes derniers.

Voilà pourquoi, aujourd'hui, je prends la parole. Contre ton autorisation, je prends la parole. J'ai trente-sept ans et, pour la première fois de mon existence, je fais quelque chose que tu m'as priée de ne pas faire. Je prends la parole parce que je ne peux pas faire autrement. Je prends la parole pour reprendre mon souffle.

Mon père, un des directeurs de l'ex-Compagnie Générale des Eaux, a été condamné pour corruption à vingt-quatre mois de prison dont six mois ferme en décembre 1997 par la cour d'appel de Saint-Denis de La Réunion. La Cour de cassation a refusé de casser le jugement. Il a appris en janvier 2000 qu'il devait sans délai exécuter sa peine. En janvier, cette même année, ma mère, mariée depuis plus de trente ans avec mon père, a su qu'elle était atteinte d'une tumeur au cerveau. En février, elle avait perdu l'usage de sa jambe droite. Mon père avait commencé sa peine. Il avait obtenu le régime de semi-liberté, c'est-à-dire qu'il travaillait la journée et, le soir, au lieu de rentrer chez lui, se rendait dans ce que l'on appelle un centre de semi-liberté situé en région parisienne. Cet homme de cinquante-huit ans, polytechnicien, cultivé, passionné de musique et de littérature, brillant, puissant (légère hésitation au moment d'employer cet adjectif mais je crois que je peux l'écrire, oui : tu étais ce qu'on appelait alors l'un des « barons » de ce groupe), membre du Mouvement des Cadres Chrétiens, habitant depuis vingt ans avec sa femme dans un vaste appartement parisien du seizième arrondissement de Paris, dormait la nuit dans une cellule qu'il partageait avec un autre détenu, plus jeune. De semaine en semaine, ma mère perdait chacune de ses fonctions vitales : en mars, elle ne marchait presque plus ; en avril, ne pouvait plus se servir de ses mains ; en mai, a eu besoin qu'on lui mette des couches ; en juin, a commencé à avoir du mal à parler.

Elle est morte chez elle le mardi 10 octobre 2000, à huit heures trente du matin. Elle avait cinquante-neuf ans.

J'avais baigné pendant plus de vingt ans dans un univers feutré et raffiné, dont tous les feux s'étaient brutalement éteints. Il n'en restait rien : ma mère était morte, mon père avait été jugé et reconnu coupable de corruption, et, dans l'appartement de mes parents, à défaut d'opéras et de rires, on n'entendait plus qu'un silence assourdissant. Lorsque j'y revenais et que je déambulais dans les pièces vides, j'y sentais une odeur putride de mort, d'humiliation, de désertion. Ce quartier hyper-bourgeois qui, en quelques semaines, avait révélé les véritables codes qui le régissaient, cet appartement me donnaient la nausée, mais je ne pouvais m'empêcher de m'y attarder. Je ne savais plus de quel monde je faisais désormais partie : celui des vivants ou des morts. Celui de la clarté ou du désordre. Je n'étais plus nulle part. Je ne m'éprouvais plus. J'étais dans la stupeur : en quelques semaines, un monde s'était écroulé. Et cette stupeur était telle qu'il me fallait chaque fois constater que désormais la réalité était celle-là, que le monde d'avant avait bel et bien disparu, que rien ne le ferait revenir, pour tenter de combattre le vide qui m'aspirait et me persuader que moi, Laurence, j'étais encore parmi les vivants, que moi, je n'avais pas disparu.

Par où commencer ? Il me manque tant d'éléments, que mon père possède. J'ai quelques maillons, bien sûr : des repères chronologiques, moments où sa vie a basculé, et la nôtre avec la sienne, dans le même fondu-enchaîné. Des phrases qu'il m'a dites, que je n'ai pas oubliées. Des images, des instants demeurés en moi, figés dans leur violence originelle, comme s'ils refusaient de laisser place, de s'en aller rejoindre docilement la cohorte des événements passés : ils restent là, obstinément présents. Ils n'en finissent pas de ne pas finir.

J'ai donc quelques éléments. Mais il y a tant de trous noirs aussi, de maillons manquants, de faits que j'ignore, sur lesquels je bute. Un puzzle dont il me manquerait certaines pièces maîtresses. J'avais pensé que mon père et moi, nous aurions pu dérouler une deuxième fois le fil de l'histoire, tenter d'agencer les épisodes, les rendre cohérents. Essayer de comprendre ce qui, sur le moment, ne pouvait pas se comprendre. Je m'étais dit que, dix ans après, nous aurions pu parler. Mettre des mots là où il n'y en avait pas eu. Donner aux trous noirs un sens. J'avais imaginé que, d'une certaine manière, main dans la main, nous aurions pu écrire ce livre.

Nous n'écrirons pas ensemble. Peut-être après tout est-ce mieux ainsi : il n'y a pas de vérité, n'est-ce pas ? Quelle vérité aurions-nous eu l'illusion d'écrire lui et moi ? La sienne ? Qu'est-ce que ça veut dire, la sienne ? Celle à laquelle il croit encore ? Celle à laquelle il aimerait croire ? Celle à laquelle il veut faire croire ? On a tous des petits arrangements avec le désordre du monde, et notre propre désordre. C'est le prix à payer pour ne pas devenir fou. Si c'est moi qui réécris l'histoire, tout le monde saura, dès le commencement de cette entreprise bringuebalante, dès les premières phrases de ce livre, que je ne rétablirai aucune vérité, puisque j'écris enclavée par des silences, par des trous noirs. J'écris alors que j'ignore tant, j'écris dans des vides, et c'est précisément parce que ces vides ouvrent sur des espaces vierges que j'espère y trouver quelque chose. Si mon père m'avait dit oui, peut-être aurait-il reconstitué un fil, déroulé une histoire sans faille. Toutes les cases auraient été remplies. Il n'y aurait plus eu de place pour ce qui échappe à toute causalité : notre part de liberté. Mon père aime les choses claires. Mon père n'aime pas les creux. Il les aurait balayés d'un revers de main. Moi, je pars avec peu d'éléments. J'irai vers ce qui ne se tient pas, ce qui défaille. Je m'efforcerai de me frayer un chemin. Après tout, n'est-ce pas l'objet premier de l'écriture : tenter de s'approcher de ce qu'on ne comprend pas, et qui nous brûle ?

J'ignore quelle est la bonne question : comment peut-on en arriver là ? ou : comment mon père a-t-il pu en arriver là ?

Comment peut-on, durant plus de quinze ans, dans les années quatre-vingt et la première moitié des années quatre-vingt-dix, être à la tête, avec quelques autres, d'un des plus grands groupes français, jouir de la meilleure des réputations, être écouté, respecté, admiré, et même, fait plus rare, sembler être aimé (combien de fois ai-je entendu, dans la bouche de personnes avec lesquelles il avait eu l'occasion de travailler : « Si vous saviez comme votre père est généreux, c'est un être d'une grande humanité, qui écoute, qui prend le temps, une personne rare à ce niveau de fonction »), faire partie d'un cercle de réflexion qui se réunit une fois par mois pour s'interroger sur des questions d'éthique personnelle et d'entreprise, être – apparemment – un homme de la plus grande intégrité, et brutalement se retrouver condamné pour corruption, dans le cadre d'une affaire de financement de parti ? Et, tout aussi effrayant pour moi, car tout aussi incompréhensible alors, découvrir que mon père n'avait rien dit à ma mère de ce qui s'était passé réellement ? Qu'il avait nié les dessous de table, lui avait affirmé qu'il n'y était pour rien, qu'il s'était laissé abuser par un intermédiaire. À la femme qui l'accompagnait depuis trente ans et lui avait demandé la vérité, à celle avec laquelle je croyais qu'il partageait tout, il avait répondu ça.

Enfin, dernière chose, tout aussi stupéfiante à mes yeux, constater que mon père s'était retrouvé instantanément seul. Comme si tous ces autres qui jusqu'alors étaient auprès de lui, affirmaient l'aimer, s'étaient volatilisés. Le coup de fusil avait été tiré et les oiseaux d'un battement d'ailes s'étaient enfuis. Ceux qui l'entouraient professionnellement, où étaient-ils soudain passés ? Pourquoi personne ne paraissait pouvoir l'aider, le défendre, le protéger ? Pourquoi y a-t-il eu un effarant silence autour de lui, autour de nous ?

Qu'est-ce que c'est que cette histoire ? L'histoire d'un homme, autrement plus complexe, plus rusé, plus trouble, que je ne l'avais jamais imaginé ? Ou celle d'un système, qui a fini par avoir raison d'un homme, par le piétiner ?

Que l'on ne se méprenne pas, si j'écris ce livre aujourd'hui, ce n'est pas pour tenter de reconstituer le procès : celui-ci a déjà eu lieu. Les protagonistes se sont expliqués, les faits ont été prouvés, les peines prononcées, exécutées. Le procès, les autres acteurs ne m'intéressent pas. Car tout cela n'est qu'un cadre, à l'intérieur duquel on choisit un angle de vue. Un parti pris d'observation du réel : on reconstitue un enchaînement de faits, on cherche à établir des liens, à comprendre les responsabilités de chacun puis, on détermine des peines. C'est nécessaire, bien sûr, mais ce n'est pas ce qui m'importe. Ce qui m'obsède, ce contre quoi je n'en finis pas de buter, ne tient ni au cadre ni à ce qu'il contient : mais à ce qu'il cache. Ce qu'il garde farouchement secret. Mon père est sans doute le seul à détenir la clef de cette chambre close où repose ce secret. C'est la réponse à une question très simple : est-ce mon père qui nous a trahis, ou lui qui a été trahi ?

Lorsque le procès a eu lieu, en 1996, à La Réunion, et qu'après plusieurs jours, publiquement, il s'est rétracté, revenant sur tout ce qu'il avait affirmé jusqu'alors, avouant que oui, en effet, pour obtenir le marché de l'eau de la ville de Saint-Denis de La Réunion il avait versé quatre millions de francs de pots-de-vin à l'équipe du parti socialiste de la ville, ce jour-là, cette après-midi-là, alors que tous les médias faisaient des gorges chaudes de son revirement – un homme qui revient sur sa parole, en plein procès, quel coup de théâtre – moi, mon monde a vacillé. Ma terre a tremblé. Soudain tous les repères s'inversaient, ou, plutôt, volaient en éclats : il n'y en avait plus. Je ne savais plus rien. J'étais dans un état de sidération : ce en quoi j'avais jusque-là toujours cru s'effondrait. De mon père, que je pensais intègre, incapable de mensonge, cherchant à faire le bien dans un monde qui m'apparaissait de plus en plus confus et pervers, j'apprenais, dans les journaux, cette après-midi-là de décembre, qu'il avait menti, après avoir trempé les mains dans de sombres magouilles. Alors quoi ? Ne m'étais-je pas trompée sur toute la ligne depuis toujours ? Ne fallait-il pas revoir toute l'histoire depuis le début ? Ce que je pensais être le bien n'était-il pas en fait le mal ? Ce que j'avais pris pour du vrai, pour du solide, pour du certain, n'était-il qu'apparence, décor de carton-pâte ? Tout ce en quoi je croyais depuis l'enfance n'était-il pas qu'une misérable illusion ? J'avais longtemps cru qu'on pouvait diviser l'humanité en deux, que se tenaient d'un côté les êtres au regard clair, comme mon père, qui œuvrent pour le bien, pour un monde plus juste, plus vrai, et de l'autre les salauds, les corrompus, ceux prêts à tout pour obtenir plus de pouvoir, plus de fric, plus de tout, ceux qui ne croient en rien, et soudain je découvrais que le monde ne se rangeait pas, que le monde n'était pas en ordre, que tout était infiniment plus complexe que ce que je pensais, que ceux-là mêmes que je prenais pour des gens qui se tiennent droit dans leurs bottes pouvaient en fait se tenir de l'autre côté du rivage. J'avais pourtant plus de vingt ans, j'avais lu des livres, qui démontraient magistralement tout ça, qui renversaient les certitudes, j'avais vu des films, j'avais appris l'histoire. Mais, tant qu'on n'a pas fait l'*expérience* de ça, du désordre brutal dans nos vies, du basculement des croyances, on ne le sait pas. On ne sait rien. On est vierge, en dehors du monde. On croit que le désordre est ailleurs, pour les autres. On croit savoir, au fond de soi, ce que les autres ne savent pas. On se trompe. On se trompe terriblement : l'humanité ne se divise pas en deux. L'humanité ne se divise pas. Elle n'en finit pas de se tordre sur elle-même. Elle est une immense convulsion.

Est-ce qu'il n'y avait pas de quoi tomber ? Est-ce qu'il n'y avait pas de quoi perdre la raison ? Oui, ce jour-là, et les jours qui ont suivi, il m'a semblé que je tombais, que je ne cessais de tomber. J'assistais, impuissante, à la mort d'un monde, et ce monde c'était le mien. Il n'y avait plus de terre ferme. Sous moi, autour de moi, tout se dérobait. Et personne à qui me raccrocher : les autres semblaient avoir disparu.

J'ai tout à coup envie de prendre des chemins de traverse. Différer le moment où je ne saurai plus, où il me faudra pourtant comprendre. Un peu comme pour une histoire d'amour : l'histoire est finie, et on ne comprend pas. On était deux, on est redevenu seul. L'autre était là, très près, il n'y a plus rien de lui. À croire qu'il n'a jamais été là. Qu'on a été fou de croire ça : qu'un autre nous aimait. Alors, on tente de refaire le chemin, dans sa tête. Reprendre tout ce qui s'est passé, se souvenir des mots qu'il a prononcés, des gestes qu'il a eus, qu'on a peut-être mal compris, mal interprétés, réinventés. On a besoin, au cours de ce cheminement intérieur, de se remémorer les moments heureux, pour ne pas douter d'avoir aimé, d'avoir été aimé. Se souvenir, c'est ça aussi : être certain d'avoir été en vie. Ne pas permettre, dans la bataille que se livrent chaque jour en nous la vie et le néant, à ce dernier de l'emporter.

D'ailleurs, cette histoire que je raconte, celle de mon père, c'est une histoire d'amour. Ça, je le sais déjà : c'est l'histoire de mon amour pour mon père, et de notre désarroi à tous les deux, de notre défaillance à nous aimer. C'est l'histoire du combat de l'amour et du silence. C'est également une histoire plus vaste, bien sûr : puisque cet homme-là, mon père, appartient à un certain milieu, qu'il a occupé une fonction bien précise, et qu'il est tombé. Mais, cette histoire, qu'on me permette de croire que c'est avant tout une histoire d'amour. Qu'on me permette de croire que ne pas savoir s'aimer, c'est tout de même s'aimer.

Je voudrais convoquer des images d'avant le basculement. Je me rends compte en écrivant combien cette période dans ma vie, la détention de mon père et la mort de ma mère, a tracé une ligne de rupture définitive : il y avait avant, il y a eu après. Rien n'a plus été pareil. Ma manière d'être au monde, de regarder les autres, de vivre, d'aimer, d'écrire, tout ça s'en est trouvé profondément modifié. Combien de vies dans une vie ? C'est une question que je me suis souvent posée. D'une certaine façon, cette période a signifié pour moi le commencement d'une deuxième vie.

J'ai besoin des images d'avant pour être au plus juste, pour me maintenir sur un axe. Élargir le puzzle pour mieux en observer le centre. Les années 1996 à 2000 sont si confuses, il me faut un peu de lumière. Plonger dans le temps d'avant, comme le font ceux qui perdent la mémoire du présent et ne savent plus les gestes de la vie, et reviennent à leur passé, à leur enfance, à ce qui s'est inscrit si profondément en eux que, même aux instants du plus grand désordre, cette vie-là ne peut se dérober.

Oui, j'ai envie de parler de la vie d'avant. J'ai envie de parler de ma mère.

Je ferme les yeux et je revois ma mère. La vie passe, l'enfance, elle, ne passe pas. Ma mère disparue ne passera pas. Je revois son regard noir enfoncé en moi. Je sens son odeur, sa peau, son souffle.

Un jour, mon père m'a dit : « On ne vit pas avec les morts, on vit avec les vivants », et j'ai pensé que, peut-être, il ne rêvait plus.

On dit que les mères sont douces, qu'elles prennent dans les bras. On dit qu'une mère aimante, c'est ça. Ma mère n'était pas douce. Ma mère nous aimait d'un amour fou de mère sans nous prendre dans ses bras. Ma mère était une femme dure, fille d'immigrés italiens arrivés en France dans les années trente sans un sou en poche, qui avait vu toute son enfance son père travailler pour sortir de la misère, pour se faire une place.

Autre chose aussi, qui me vient dès que je pense à elle : ma mère était très belle.

Ma mère, l'été, à Nice, dans la maison de ses parents. Lorsque je pense à elle, les premières images, ce sont celles-là : ma mère, l'été, à Nice. Ma mère, l'été, à Nice, n'était pas la même femme qu'à Paris. Elle portait des robes légères, colorées, qui laissaient entrevoir sa peau, ses épaules, son dos, elle mettait du vernis rouge sur ses ongles, de l'ombre bleue sur ses paupières. Elle riait. Elle cuisinait. Le grain même de sa voix était différent : il contenait davantage de vibrations, davantage de vie. Certains lieux nous révèlent. La maison de Nice était de ceux-là : là-bas, ma mère se sentait chez elle. Et, comme il en est lorsqu'on se sent chez soi, on est soi. Pas besoin de composer. À Nice, ma mère redevenait celle qu'elle était. Celle dont j'aimais entendre le rire, qui partait en cascade et s'interrompait brusquement. Celle qui n'était jamais légère, jamais insouciante, mais vibrait d'une énergie toute particulière. Elle n'était plus la femme austère qui habitait Paris. À Paris, j'ai toujours pensé qu'elle n'était pas à sa place. Que le quartier pétri de préjugés et de conventions sociales dans lequel elle vivait était trop difficile pour elle. Qu'il l'effrayait. L'écrasait. Qu'elle faisait des efforts considérables pour n'en rien montrer. À côté des Madame de aux foulards Hermès et boucles lissées, elle avait du mal. Mais, elle ne le disait pas. Elle gardait la tête haute, elle faisait comme si. C'était une femme intelligente qui avait compris que ce milieu-là n'acceptait pas les différences. Il en avait même horreur. Il ne fallait donc rien en laisser paraître. Montrer patte blanche, comme dans ce conte dont j'ai oublié le nom. Faire comme si on appartenait à ce monde-là. C'est ce que ses parents avaient dû lui apprendre : faire bonne figure, en toute circonstance. Mon grand-père italien, originaire d'une famille de paysans piémontais, arrivé en France le jour de son mariage sans connaître, ni lui ni ma grand-mère, le moindre mot de français, qui n'était allé à l'école que dans ses toutes premières années, avait fait bonne figure, lui aussi : il avait serré les dents et ne s'était jamais plaint, il avait travaillé d'arrache-pied, il s'était adapté à ce pays où il avait choisi de venir tenter sa chance. Comme ma mère avait l'intelligence redoutable de ceux qui savent s'adapter, et qu'elle avait une allure folle, et que, pour ce milieu-là, le milieu très bourgeois, contrairement à ce qui s'affirme, l'apparence l'emporte sur l'être, le cadre social sur la réalité qu'il recouvre, ma mère a gagné. Ou, du moins, elle a cru gagner. Moi, je crois qu'elle a perdu. Mais ça, je ne l'ai compris qu'après sa mort.

Je n'ai pas envie de raconter sa vie : ce qui nous reste de ceux qui ne sont plus là, ce n'est pas leur vie dans son déroulement linéaire. D'ailleurs, dire « une vie », c'est déjà reconstituer, tracer un fil imaginaire, sans doute illusoire. Je ne connais que des instants, fragmentés, séparés. Parfois pourtant un sens profond, souterrain, une cohérence, relie certains d'entre eux. Lorsque je pense à ma mère, je revois des images qui, pour une raison que j'ignore, ont échappé à l'oubli. Sans doute parce qu'elles sont encore là alors qu'elles auraient pu disparaître, elles me paraissent irradier une lumière particulièrement intense. Je veux croire que ce sont ces instants qui racontent le mieux celle qui ne fait plus partie du même royaume que nous.

Une nuit, à Paris. J'ai neuf ou dix ans. Je ne suis pas ce qu'on appelle une enfant facile : je suis nerveuse, agitée. Je fais des colères. J'aimerais des baisers, on me donne du magnésium. Ma mère n'est pas patiente. Peut-être est-ce moi qui la rends impatiente. Elle crie souvent après moi. Peut-être, ce jour-là, a-t-elle crié. Je ne me souviens plus. Je suis dans mon lit. Je ne dors pas. La porte de ma chambre s'ouvre. Ma mère entre. Je fais semblant de dormir. Je sens sa présence au-dessus de mon corps allongé. Je me demande ce qu'elle fait. Je m'applique à bien fermer les yeux. Et soudain ça commence : d'un coup. Je ne comprends pas tout de suite. Je *sens* mais je ne comprends pas, ça ne s'est jamais produit, terrain inconnu, étranger, il me faut quelques instants pour faire le lien entre ce que j'éprouve et ce qui est : ma mère me couvre de baisers. Sur tout le visage. Les paupières, le front, les joues, les lèvres, le menton. Elle m'embrasse éperdument, les baisers courent sur ma peau. Elle me dévore. J'ai envie de pleurer. Je ne sais pas d'où vient cette envie. C'est quelque chose que j'ignore encore, l'envie de pleurer alors qu'on est embrassé. Je ne pleure pas, je ne bouge pas, je ne respire pas, je ne pense pas. Je suis immobile, de toutes mes forces immobile. Je suis bouleversée.

C'est une joie effrayante, qui dure un temps fou. Puis, ça s'arrête. Ça s'arrête comme c'est venu : d'un coup. Soudain je ne sens plus rien. Ma peau redevenue nue. Plus de baisers. Je suis laissée là, dans la nuit. Ma mère sort de ma chambre. Elle n'a rien dit, je n'ai rien dit. Elle s'en va comme une ombre.

Cette image-là, ce souvenir-là, c'est ma mère : une femme qui ne nous prenait pas dans les bras mais une nuit dans le silence m'a couverte de baisers à m'en faire suffoquer.

D'autres flashes, qui me viennent aussitôt que je ferme les yeux, se répandant comme s'ils tombaient de moi, dans le désordre, la hâte. Je les jette sur ce papier, ils sont sans doute vains, aussi fragiles que singuliers, peu m'importe, ils me sont plus précieux que tout, ils sont ce qui me reste de ma mère.

Ma mère et les kakis. Elle les adorait. Je ne connais personne d'autre qui aime ces drôles de fruits à la limite de la décomposition. Dès qu'elle en apercevait chez un marchand elle en achetait, rentrée chez elle mordait dedans, aspirant leur chair molle et juteuse, fermant les yeux et disant : « Comme c'est bon. » Ces fruits me soulevaient le cœur. J'observais ma mère, entre effarement et émerveillement.

Je la revois aussi parlant au téléphone, dans la cuisine de notre appartement. À Paris, elle s'habillait souvent d'austères jupes amples et longues de couleur triste, souvent foncée. Je ne comprenais pas pourquoi, elle qui était si belle, ne choisissait pas des tenues plus féminines. Mais je la surprenais parfois, lorsqu'elle téléphonait de la cuisine et qu'au cours de la conversation elle reprenait vie, s'exclamant, riant, s'enflammant, alors elle soulevait sa jambe droite et la repliait sur une petite chaise rouge située à côté du téléphone, accompagnant chaque fois ce changement de position d'un mouvement de caresse de la jambe, passant ainsi brusquement d'une attitude rigide à une posture vivante, terriblement sensuelle, sa jambe soudain découverte jusqu'au haut de la cuisse, sa main allant et venant sur cette très longue et belle jambe, se la caressant, et son corps entier exprimait alors la vie, la légèreté, je la regardais et retrouvais ce que je savais d'elle, enfoui, et mon cœur se serrait.

Ma mère, debout dans sa cuisine, à Paris. Elle porte un pantalon noir. Elle est maigre. C'est le mois de mars 2000. Moi qui oublie tant de choses, qui perds la mémoire des visages, des noms, des lieux, je n'ai rien oublié de cette année-là. Aucune date, aucune parole, aucune image. Les mois se sont succédé avec une effrayante rapidité qui était pourtant aussi, dans une même distorsion, lenteur effrayante. Comme si le temps lui-même était devenu fou, sortant à tout instant de lui-même, ne pouvant plus *passer*. Chaque instant paraissait découpé, détaché de celui qui le précédait, de celui qui le suivait. Oui, la violence de cette année-là, c'est aussi le dérèglement du temps.

Ce jour-là, je viens d'arriver chez mes parents. Mon père est au travail. Il ne rentrera pas le soir, il ne rentrera pas les autres soirs : il dort au centre. Ma mère sait qu'elle va mourir. Je le sais également. Nous ne nous le sommes pas dit. La solitude, lentement, envahit nos vies. Elle monte comme une eau trouble. Je traverse l'appartement. Je vais jusqu'à la cuisine, située au bout d'un long couloir. Ma mère se tient près de la fenêtre, debout. Je n'ai jamais oublié son visage de ce matin-là : c'est tout ensemble celui de la douleur, de la révolte, de la colère. Son regard est fixe. Elle ne me dit pas bonjour. Elle ne lève pas les yeux sur moi. Elle prononce : « Plus tard, Laurence, toi qui écris, tu écriras un livre sur ça. Promets-moi. Tu rétabliras la vérité. » Je ne peux pas répondre : j'ai besoin d'un temps pour comprendre. Pour elle, le monde est donc encore en ordre. Il y a toujours d'un côté les bons, de l'autre, les méchants. Une ligne claire, distincte, étanche, les sépare. Rien ni personne n'a chaviré. Il n'y a pas de doute à avoir : mon père fait partie de ces gens purs qui ont été abusés. Mon père est un « bouc émissaire ».

Je crois, à cet instant, que je l'envie. Je l'envie terriblement. Moi je sais déjà, ce matin de mars 2000, que je suis passée de l'autre côté. Du côté du monde en désordre, des frontières poreuses, d'une humanité pleine de faiblesse. J'ai compris, avant même de me l'avouer, que jamais je ne retrouverai l'évidence d'un monde de lumière. J'ai perdu quelque chose à tout jamais.

Que répondre alors, à un être qu'on aime, qui est en train de mourir, et qui emploie ses dernières forces à faire subsister un monde en lequel il a cru toute sa vie ? Je me tais. Mais ma mère ne veut pas que je me taise, elle ne veut pas que je doute, elle veut que je croie avec elle, que j'agisse avec elle, elle veut des mots clairs et affirmés, qu'ensemble nous redressions mon père, alors elle parle, elle s'agite, son visage redevient mobile, elle dit : « Tu vas voir, j'ai commencé quelque chose, j'ai écrit une lettre, je vais te la lire, il faudrait la reprendre, bien sûr, reformuler des choses, toi qui sais écrire tu pourrais peut-être le faire, mais tu vas voir. » Et je la vois, en effet, avancer de sa drôle de démarche, la jambe droite qui se traîne, lourde, qu'elle ne peut plus soulever, qu'elle tente à chaque pas de ramener à hauteur de la gauche, elle atteint l'ancienne chambre de ma sœur, qui jouxte la cuisine, je l'entends chercher, fouiller dans des dossiers, ouvrir des pochettes, elle revient vers moi, triomphante et inquiète, brandissant une feuille : « Je l'avais cachée. Je l'avais cachée pour que ton père ne la trouve pas. Je ne veux pas qu'il soit au courant. Il ne voudrait pas, je le connais, ça le gênerait. »

Je ne peux pas faire le moindre mouvement, je reste figée, j'ai peur, j'ai mal, je vois ma mère qui meurt et se débat, une feuille de papier à la main, ma mère prise au piège et qui refuse d'abdiquer, j'aimerais la prendre dans les bras, l'étreindre et la bercer, lui murmurer que c'est foutu, c'est la fin de l'histoire, ça se termine comme ça, sur du rien, du vide, il n'y a que dans les livres et les films que les histoires ont une fin, on est dans la vie, elle va mourir, on me l'a dit, il faut qu'elle comprenne, qu'elle accepte, qu'elle laisse tomber, qu'elle cesse d'être si droite, si obstinément et désespérément droite, il n'y a pas de vérité à rétablir, mon père a sûrement fait une connerie et c'est comme ça, le monde n'est pas si beau, mon père n'est pas si pur, ce en quoi elle croit n'existe pas, ce n'est qu'un rêve, un mirage, le réel est médiocre, vicié, mais tout ça maintenant n'a plus d'importance, l'important ce serait de pleurer ensemble, la voilà l'urgence, ce serait bon, ce serait doux, elle et moi dans les bras l'une de l'autre enfin, après tout ce temps, toutes ces années où nous tenions l'amour à distance, pleurer ensemble et ne plus lutter, s'abandonner, c'est ce qui nous reste, l'abandon, et n'est-ce pas la plus belle chose, c'est ce que je suis en train de découvrir, à toute vitesse, plantée devant elle dans sa cuisine, l'abandon alors qu'autour de soi tout s'effondre, la voilà peut-être la seule beauté possible, la véritable humanité : l'abandon à un autre alors même qu'on se tient sur un champ de ruines, alors même qu'il n'y a plus d'espoir possible.

Elle lit. Devant moi, dans ce pantalon noir dans lequel elle flotte, elle lit. La main qui tient la feuille de papier tremble un peu. Je m'efforce de ne pas regarder la main, d'écouter les paroles. Elles sont d'une grande maladresse – comment pourrait-il en être autrement ? Ce sont les mots d'une femme aimante, arc-boutée sur une vision, sur une croyance, refusant de se laisser percuter par le réel. J'écoute et bientôt je n'écoute plus, je cherche les paroles que je vais pouvoir prononcer lorsqu'elle aura achevé sa lecture, les mots impossibles, ceux qui ne mentiraient pas et l'apaiseraient enfin.

La lettre est longue, confuse, véhémente. Aujourd'hui, j'ai oublié à qui elle s'adressait. Il me semble me souvenir qu'elle était destinée au P-DG du groupe en fonction au moment des faits, Guy Dejouany, mais je n'en suis pas certaine. Sans doute ma mémoire a-t-elle effacé ce qui était vain, préférant conserver l'image de cette femme debout devant moi, dont la main tremble, qui s'acharne à croire encore, s'en remettant à des mots tracés sur une feuille de papier.

Personne sans doute n'écrira plus sur ma mère. Il y aurait tant d'autres images pour la raconter. Ma mère n'est pas au centre de ce texte, comme elle n'a jamais paru être au centre de notre vie familiale. Longtemps, le centre a été, aux yeux de tous, mon père. Mon père, qu'on admirait. Mon père, tellement au centre qu'il n'était plus parmi nous, mais au-dessus de nous : enfant, puis jeune fille, j'ai toujours eu la sensation que pour regarder mon père, il me fallait lever les yeux vers le haut, et que cela n'avait bien sûr rien à voir avec notre différence de taille. Il jouissait d'une telle aura que poser les yeux sur lui, c'était poser les yeux sur un être qui ne se situait pas au même niveau que nous – un être qui gravitait quelque part, en haut, qu'il était donc difficile de rejoindre, davantage encore de toucher. Il y a toujours eu, entre mon père et moi, un espace invisible, impossible à nommer, impossible à traverser.

Oui, ma mère ne paraissait pas être le centre de notre vie familiale, pourtant tout reposait sur elle : elle était le maillon essentiel sans lequel rien n'aurait été possible, ni pour mon père, ni pour nous trois. Elle était le corps qui éclairait les autres corps, celui de mon père, celui de ma sœur, celui de mon frère, le mien. Elle était celle qui nous donnait vie, à chaque instant.

Lorsque mon père est tombé, ma mère s'est éteinte.

Je passe de ma mère à mon père. Je glisse d'un corps disparu à celui d'un homme en vie devenu une énigme. Je quitte celle qui m'a mise au monde, dont le visage, paraît-il, ressemblait tant au mien, pour en revenir à celui qui vit dans la même ville que moi, à quelques stations de métro de mon appartement, et que je sais de moins en moins rejoindre. Celui que je pensais connaître mais dont je me demande de plus en plus si je n'ignore pas tout.

Tu es mon père et tu as aimé ma mère, tu m'as vue naître, tu m'as aidée à apprendre, à découvrir, à comprendre, lorsque j'étais enfant et ne savais pas résoudre un exercice de mathématiques tu m'enjoignais de m'asseoir à côté de toi, à la grande table de la salle à manger, et de ta voix douce tu m'expliquais, m'expliquais encore, avec une infinie patience, les chiffres obscurs et la logique mathématique, et je t'écoutais, me berçant de ta voix, t'affirmant « Oui j'ai bien compris » sans savoir si j'avais réellement compris quelque chose, tu m'as protégée, ouvert les portes du monde, m'apprenant deux principes avérés, le premier, que la règle de trois est la seule chose qui me resterait de tout ce que j'aurais appris à l'école, le second, que la proportion des idiots est la même partout, tu as été reconnu coupable de corruption. Qui es-tu ? Pourquoi sommes-nous si étrangers l'un à l'autre et cependant si proches, proches comme deux peaux faites de la même substance, deux peaux provenant du même gouffre et qui, pour cette raison peut-être, n'en finissent pas de s'effrayer l'une l'autre et de se chercher pourtant ? De quel même vide, que nous continuons à porter en nous, secrètement, nous efforçant de le dissimuler aux autres mais incapables de nous le cacher l'un à l'autre lorsque nous nous retrouvons face à face et qu'alors, ce vide nous éclate à la gorge, nous laissant muets, impuissants, au bord des mots, provenons-nous toi et moi ?

Laisse-moi donc te chercher.

J'en reviens à « l'affaire ». À ce qui est demeuré si longtemps obscur et qui, avec le temps, s'est fait de plus en plus obsédant. Depuis la condamnation de mon père et la mort de ma mère, les années ont passé et le silence qui a entouré ces événements s'est mué en une matière lourde, poisseuse. On dit que le silence a un poids. Le nôtre, de silence, n'a pas eu de poids tout de suite. Du moins je ne l'ai pas senti. Le poids est apparu après, jour après jour, à notre insu. Autour de nous imperceptiblement l'atmosphère se transformait, comme avant un orage. Les particules se figeaient. Aujourd'hui, lorsque je regarde mon père, je ne vois plus uniquement mon père. Je vois mon père *et* cette matière : elle, collée à mon père, enroulée autour de lui, une excroissance qui désormais ferait partie de lui. Il me semble parfois qu'elle veut s'étendre jusqu'à moi, comme une pieuvre cherchant à déployer ses tentacules. J'ai beau essayer, je ne peux plus, aujourd'hui, dissocier mon père de cette glu. Étrangement, ce n'est pas de la peine que j'éprouve : c'est de la honte.

Je ne crois pas avoir eu honte, il y a dix ans. Il y a dix ans, je n'étais pas dans la honte. J'étais dans la sidération. La honte est venue après. Elle est venue non pas de ce qui s'est passé, mais de ce que je n'ai pas compris. De ce qui n'a pas été dit. De la béance qui s'est formée autour de cette histoire. Comme un trou dans lequel je serais lentement tombée, jour après jour.

Je me trompe peut-être, mais il me semble que si je comprenais enfin quelque chose, je pourrais ressortir du trou. Revenir à la clarté. Effacer la honte. Peut-être aussi saurais-je un peu mieux qui est mon père.

Nous avons si peu parlé de tout ça. Aujourd'hui, en ce matin d'automne, assise à mon bureau, pour la première fois je prends conscience de cette aberration : jamais nous ne nous sommes retrouvés autour d'une table, mon père, ma mère, ma sœur, mon frère et moi, pour écouter mon père nous raconter, nous expliquer. Peut-être n'aurait-il pas su. Peut-être aurait-il bafouillé, trébuché sur les mots. Peut-être – peut-être pas : jamais, en aucune circonstance, je n'ai entendu mon père bafouiller ; mon père a toujours eu la voix assurée, les mots clairs. Peu importe : il y aurait eu tentative de mots. Il y aurait eu tentative de briser le silence qui chaque jour nous asphyxiait davantage, sans que nous nous en apercevions.

N'est-ce pas en ça que le silence est plus effrayant que n'importe quel aveu ? On s'y enlise mais on n'en a pas conscience. On se noie sans le savoir. Car il nous enserre, nous pénètre, et on ne le sent pas, on continue à vivre tandis qu'il prend possession de nous, tandis qu'il nous étouffe. Et lorsque soudain on s'en aperçoit, il est trop tard : le silence nous a eu, il a absorbé quelque chose de nous, quelque chose d'intime qui nous appartenait – le silence emporte avec lui une part de nous-même.

J'imagine aujourd'hui que, sans doute, dans une autre famille confrontée à la même situation, il y aurait eu des mots : il se passait quelque chose de très inhabituel, d'assez effrayant, une mise en examen, un procès, une condamnation, alors, dans cette autre famille, on aurait parlé, prononcé des paroles vives, peut-être douloureuses, on serait même allé jusqu'à s'emporter. On aurait *dit* quelque chose. Troué le silence à coups de mots. Chez nous, des mots, il n'y en a pas eu : il fallait taire ce qui était monstrueux. Alors, on a tu. On a fait comme si, le plus longtemps possible. Continué à écouter des opéras. Recevoir des amis. Vivre avec raffinement. Écouter sans l'interrompre mon père s'exprimer en quelques phrases claires et sans appel sur la situation économique et politique du pays. Pendant la mise en examen. Pendant le procès. Pendant l'attente qui a suivi le procès. Pendant l'attente qui a suivi la saisine de la Cour de cassation. On a continué à sourire, à se comporter comme si tout allait bien, comme si aucune épée de Damoclès n'était suspendue au-dessus de nos têtes. Sans parler.

Me revient en mémoire une scène, nous sommes en 1993, je me souviens de l'année car j'étais alors étudiante à Cergy-Pontoise. C'est un dimanche, je suis venue déjeuner chez mes parents. Je lis dans la bibliothèque de l'appartement familial. Mon père passe une tête dans l'embrasure de la porte. Il n'entre pas : il reste là, à mi-chemin, ni en dedans ni en dehors, ni avec moi ni sans moi. Il a, sur le visage, comme presque toujours, ce sourire doux et clair que j'aime tant. Je l'entends prononcer : « Laurence, je voulais te dire, tu as peut-être lu des choses dans la presse, ou peut-être des amis t'en ont-ils parlé… J'ai des petits ennuis avec la justice. Mais ce n'est rien, vraiment. C'est au sujet d'un marché qu'on a remporté à La Réunion. Tout devrait s'arranger très vite. C'est ce que tout le monde m'a affirmé, en particulier mon avocat. Voilà, c'est tout, je voulais te le dire, pour que tu ne t'inquiètes pas, au cas où on t'en parlerait… » Et moi, qui ne lisais à l'époque jamais les journaux, qui n'avais entendu parler de rien, j'avais simplement relevé la tête, saisie, glacée par cette intrusion brutale de mots auxquels je n'étais pas habituée, *petits ennuis avec la justice*, ces mots qui allaient si mal à mon père, qui me paraissaient appartenir à un autre univers que le sien, et j'avais alors croisé son regard, son sourire, oui, mon père me souriait, il me regardait et me souriait, c'était l'après-midi, le soleil baignait la pièce, il faisait bon parmi ces livres, il faisait doux avec mon père, alors j'avais, dans un bref et violent effort, rejeté l'effroi au fond de moi, ne voulant pas m'y attarder, je l'avais chassé comme j'aurais été prête à me chasser moi-même, à me dissoudre devant mon père, n'osant poser la moindre question, briser la douceur du moment, mon père me parlait d'ennuis avec la justice mais mon père était avec moi, dans cette pièce, à quelques pas, et n'était-ce pas ce qui comptait le plus, pourquoi l'aurais-je contrarié avec mon inquiétude ?

Je n'avais pas baissé les yeux. J'avais répondu, souriant moi aussi pour le rassurer, quelque chose comme : « Ah bon ? Non, je ne sais pas, je n'ai entendu parler de rien… Mais je ne m'inquiéterai pas, bien sûr. » Il avait eu un bref hochement de tête et s'était éloigné. J'avais poursuivi ma lecture. Voilà : c'est comme ça que le silence envahit des vies. De ce silence nous sommes sans doute tous responsables : mon père, ne disant rien, nous, n'osant rien demander.

Et c'est ainsi que, durant tout ce temps, ensemble, comme si, en quelque sorte, nous avions conclu un accord secret, nous n'avons pas parlé.

Jusqu'au mois de janvier 2000 : soudain, devant nous, contre nous, se dressait un mur. Nous avions tant fermé les yeux que nous ne l'avions pas vu surgir de sous terre. Un matin il a été là, à nos pieds, violemment infranchissable. Il a été notifié à mon père que dorénavant il passerait ses nuits dans un centre de semi-liberté, il a été expliqué à ma mère que dans son cerveau se nichait une tumeur inopérable. Tout à coup, on ne pouvait plus faire comme si. C'était la détention dans une cellule, c'était le corps de ma mère qui foutait le camp. On ne pouvait plus sourire. On n'a plus souri. Mais, on a continué à se taire.

Je rapporte cette scène, ces propos, tels qu'ils me sont restés en mémoire. Ce sont ceux-là dont je me souviens. Ces paroles, prononcées par mon père, à cet endroit précis où je le vois encore, plus de quinze ans après, immobile dans l'embrasure de la porte, moi assise lui debout, comme si ces quinze ans n'avaient pas passé et que, par quelque mystérieux phénomène de réversion, le temps était revenu sur lui-même, dans un sursaut brutal. Ça se produit à l'instant, mon père se tient là, sur le seuil de la porte qui ouvre sur la bibliothèque familiale, il me regarde, je lis, je voudrais qu'il entre, il n'entre pas, il reste au bord, il prononce des paroles, quelque chose s'effraie en moi, sensation d'un danger trouble, incertain, je relève la tête, je ne montre rien, je souris.

Mais je me trompe peut-être : comment être sûre qu'il n'y avait pas ce jour-là un mot de plus ou de moins, une intonation différente de celle que je retranscris, un sourire plus inquiet ? Un regard moins clair, un visage plus grave, davantage d'hésitation, quelque chose qui modifierait totalement le sens de ce que je relate ici ? C'est le risque que je prends en écrivant ces lignes : je ne suis plus certaine de rien. Je bute sur notre mutisme, je bute sur ma mémoire, sur l'altération de mes propres perceptions. Je bute sur ces quinze ans qui ont passé comme un épais mur de brouillard, dans le déni.

Lorsque « l'affaire » commence, mon père dirige depuis plusieurs années le pôle Eau de la Compagnie Générale des Eaux. Il est très précisément depuis 1989 directeur des activités de distribution d'eau en France et en Grande-Bretagne. La Générale des Eaux et son principal concurrent en France, la Lyonnaise des Eaux, se partagent le marché français de la distribution d'eau. Ce sont les années quatre-vingt, le début des années quatre-vingt-dix. C'est la course aux profits, le triomphe de l'argent, les batailles acharnées pour obtenir la plus grosse part du gâteau, sur un marché dont l'enjeu originel consiste en une mission de service public : l'accès pour tous à l'eau potable.

Mon père, depuis des années, se déplace souvent, en France et à l'étranger : là-bas aussi, il faut remporter des marchés. Être le premier. Conquérir, posséder, mettre la main sur. Est-ce mon père qui cherche à conquérir ? ou la Générale des Eaux ? Est-ce son propre désir de conquête, sa soif de pouvoir, ou ceux du mastodonte qui l'emploie, sur lesquels il s'aligne, en tant que simple et brillant exécutant ? Le désir de l'individu se dissocie-t-il du désir du groupe ? J'ai longtemps considéré que mon père était doté d'une certaine humilité. C'est-à-dire, qu'il se considérait au service du groupe qui l'employait et ne cherchait à ce titre qu'à accomplir au mieux son travail. Ma mère disait souvent : « Votre père se dévoue à son travail. » Ce mot, « dévouement », me semblait à la fois étrange et beau. Lorsqu'elle le prononçait, j'imaginais mon père empli de douceur et d'abnégation. Je pensais à ces jeunes Japonais qui parfois se retrouvaient une année dans ma classe et, quoi qu'on leur dise, souriaient et acceptaient, en courbant docilement la tête. Ce que disait ma mère me semblait évident. Ma mère disait, n'avait-elle pas raison ? Je me demande aujourd'hui si ce regard n'est pas un leurre, l'expression d'une grande candeur. Je sais désormais combien le sens de la vie, qui peut apparaître si manifeste, si *donné*, au cours de la jeunesse, peut soudain être perdu. On se réveille un matin en se demandant tout à coup ce qu'on fait là. Il n'y a plus aucune évidence à rien : on se sent étranger à la personne qui dort à côté de soi, étranger aux choix qu'on a faits, étranger à sa propre vie. On se lève avec au bord du cœur cette lancinante, sidérante question : qu'est-ce que je fais là ? Comme si on sortait d'un long rêve, et que le réel nous happait brutalement. Quel sens y a-t-il à ce que je me lève, à ce que j'accomplisse les gestes de tous les jours ? Qu'est-ce que finalement tous ces éléments épars, face au sentiment de vide qui m'habite soudain ? On ne sait plus rien. On a perdu l'évidence d'être au monde. On est détaché. Alors, il peut devenir urgent de confondre son propre désir, sa propre quête de sens, avec celle de la fonction qu'on occupe. On s'y précipite pour avoir l'illusion de combler le néant. Oui, comment savoir si le moteur qui animait mon père n'était pas son propre esprit de conquête qui cherchait à recouvrir les particules de vide qui, peut-être, commençaient à envahir sa vie ?

On l'appelle parfois à la maison, tard le soir ou au cours du week-end. Je me souviens de ces moments. En une fraction de seconde une onde traversait la pièce, traversait mon père. L'atmosphère se modifiait imperceptiblement. Quelque chose se figeait. Nous autres, les enfants, étions priés de nous éloigner, de ne pas faire de bruit. C'est ma mère qui nous chuchotait ces paroles, soudain sur le qui-vive elle aussi : ma mère a toujours protégé mon père. Quand bien même elle n'aurait rien dit, nous n'aurions pas prononcé un mot, ma sœur, mon frère et moi, car tout dans l'attitude de mon père imposait le silence. C'est comme si nous le savions, tous les trois, depuis toujours. Comme si nous l'avions toujours su. Je me souviens avec précision de mon père dans ces instants-là : son corps entier paraissait mobilisé, tendu vers un objectif unique, le seul qui à cette minute importait : prendre la bonne décision en un temps record. Car il s'agissait chaque fois d'une urgence : l'interdiction de consommer l'eau du robinet dans un périmètre donné par exemple. Mon père a cette façon très particulière d'écouter son interlocuteur en plissant les yeux, en hochant la tête tout en l'inclinant légèrement de biais, d'accompagner les propos de ce dernier de réguliers « Oui, oui, je comprends, tout à fait », d'une voix basse, caressante, dont je ne me lasse pas de capter les moindres nuances, moi qui me tiens à l'écart, dans un coin, sans faire de bruit, retenant mon souffle, fascinée par cette hyper-tension qui se dégage du corps de mon père, fascinée par mon père. Mon père, après avoir écouté, se tait un instant, plisse encore davantage les yeux, les lève au ciel, comme si la bonne décision se trouvait inscrite quelque part dans des hauteurs invisibles, inatteignables, et qu'il lui fallait s'échapper pour mieux savoir, pour mieux penser. Puis, il tranche, très vite, de sa voix de velours que nul ne songerait pourtant à contredire, utilisant des formules simples et empathiques telles que « Si vous le voulez bien… » ou « Si vous êtes d'accord, il me semble… » qui sont cependant des sentences définitives, des sentences qui tombent comme des couperets de soie, mon père est d'une grande délicatesse mais mon père est un aigle, il sait, il dit, il tranche, et la conversation s'achève alors, le visage de mon père se détend, il sourit, une lumière chaude glisse dans ses yeux, l'affaire est réglée, on peut passer à autre chose, tout est en ordre, à sa place. Lors de ces épisodes mon père incarne à mes yeux la maîtrise parfaite, il est celui qui sait, celui qui prend les bonnes décisions, le garant de l'eau que boivent des millions de Français. Je suis fière de cet homme qui se tient à quelques pas de moi, dont je ne comprends pas les paroles mais dont j'écoute la voix, qui m'emporte, qui m'envoûte, cet homme qui en ces instants ne me voit pas, qui gravite ailleurs, dans des sphères dont je ne saisis rien, un monde inintelligible dont je pressens déjà que je ne ferai jamais partie. Je le regarde et je pense que cet homme qu'on appelle à n'importe quelle heure du soir et du week-end pour qu'il dise, pour qu'il se prononce, cet homme-là, au regard clair et magnétique, aux mains qui ne tremblent pas, à la voix qui jamais ne défaille, cet homme-là est mon père.

Voilà donc mon père, à mes yeux d'enfant, de jeune fille, lorsque l'affaire éclate : un homme estimé, admiré, aimé, détenant un certain pouvoir. Un homme qui inspire confiance. Qui peut se montrer d'une très grande douceur.

La mise en examen a duré longtemps. Des mois. Puis, le procès a eu lieu. Mon père part une nouvelle fois pour l'île de La Réunion. Là-bas, devant le tribunal, lui qui jusqu'alors avait toujours nié, déclare, de concert avec le directeur commercial du groupe, dans un brusque revirement, que oui, ont bien été versés quatre millions de francs à plusieurs dignitaires du parti socialiste réunionnais. Ma mère, ma sœur, mon frère et moi, restés à Paris, l'apprenons en temps réel par les médias. Le verdict est rendu le 10 décembre 1996 par le tribunal correctionnel de Saint-Denis de La Réunion : mon père est condamné pour corruption à deux ans de prison avec sursis, cinq cent mille francs d'amende et trois ans de privation de droits civiques. Le jugement est mis en appel. Les peines sont alourdies par la cour d'appel de Saint-Denis, en décembre 1997 : mon père, outre une amende et la privation de droits civiques, est condamné à vingt-quatre mois de prison dont six mois ferme.

Me voici parvenue là où je ne sais plus. J'ai suivi un chemin qui tout à coup s'arrête : il n'y a plus nulle part aucune trace, je ne sais plus où aller. Je cherchais la clarté, la cohérence. Je suis en eaux troubles et sablonneuses. Je perds lentement pied.

Comment passe-t-on des premières lignes du précédent paragraphe aux lignes suivantes ? Quel pont emprunter que je ne sais discerner ?

Je cherche. Je formule des hypothèses. J'erre le long de pistes que j'élabore en pensée, avec difficulté, trouble, gêne, sans parvenir à croire suffisamment à l'une d'elles puisque je les abandonne toutes. Il me semble pourtant avoir rassemblé les éléments me permettant de formuler la question de la manière la plus juste, m'être frayé mot à mot un chemin jusqu'à elle, ce qui en soi constitue une première victoire : auparavant, avant de m'engager dans ce texte, je me perdais dès le tout début. Je ne savais pas parvenir à la question. Je me perdais dans cet effarement, la condamnation de mon père pour corruption et la mort concomitante de ma mère, à peine commençais-je à y penser que je sentais mon corps devenir cotonneux, je tombais dans une ouate profonde, blanche, asphyxiante.

Oui, il me semble être enfin parvenue au cœur de la question, et je me retrouve pourtant prise au piège d'une spirale dont je ne sais comment sortir. J'ai la sensation d'être aussi démunie qu'en ce jour de décembre 1996. Il faisait très beau ce jour-là, je m'en souviens, très froid. J'ai entendu à la radio qu'on parlait de mon père. On disait : « Un des directeurs de la Générale des Eaux a avoué », on disait : « Coup de théâtre en plein procès de la CGE », on disait : « Les dirigeants de la CGE reviennent sur leurs déclarations. » J'entendais ces affirmations, il s'agissait bien du nom de mon père, de sa fonction, de l'entreprise pour laquelle il travaillait, tout concordait, les *cases* concordaient, il me semblait pourtant qu'on parlait d'une autre personne, une personne qui n'avait rien à voir avec mon père, qui portait le même nom que lui, occupait elle aussi un poste de dirigeant à la Générale des Eaux, mais *n'était pas* mon père. Cette personne avait commis le crime de se faire passer pour lui, elle avait pris sa place, usurpé son identité, elle l'avait volé et nous l'avait dans le même temps volé, j'éprouvais un vertige immense, un sentiment de tromperie, j'aurais voulu ce jour-là me raccrocher à quelque chose, je ne trouvais rien à quoi me retenir, tout se dérobait, ma mère, que j'étais passée voir cette après-midi-là était elle aussi dans un état de sidération, son visage avait changé d'un coup, quelque chose en elle s'était pétrifié, ses traits étaient devenus comme du carton, on aurait dit qu'elle portait un masque, les seuls mots qu'elle avait pu prononcer avaient été : « Tu peux envoyer un fax à ton père, j'ai un numéro, il le recevra, ça lui fera du bien, ça doit être très difficile pour lui », c'est comme ça que je me souviens du temps qu'il faisait ce jour-là car j'avais en effet envoyé un fax à mon père, j'avais attrapé une feuille de papier, il fallait *faire* quelque chose, ne pas se laisser aspirer par le vide, mais je ne savais pas quoi écrire, j'étais face à cette grande feuille blanche et aucun mot ne me venait, j'étais vide moi aussi, alors j'avais écrit : « Ici le ciel est très bleu et je pense à toi », c'étaient les seuls mots possibles, les seuls mots qui ne trichaient pas, pour le reste je ne savais plus, c'est comme si une immense partie de mon réel avait d'un coup été rayée, le reste n'existait plus, le reste s'était effacé.

Oui, je cherche mais ne trouve pas de bonne réponse. Il y a un fossé entre les premières lignes du paragraphe et les suivantes, un espace infranchissable entre le père que je connaissais, que j'aimais, et l'homme qui a été jugé puis condamné, reconnu coupable de corruption après être revenu sur des faits qu'il avait niés, à tous. Une part de moi-même est sans doute restée jusqu'à aujourd'hui, jour d'automne 2009, semblable à ma mère, qui jusqu'au matin de sa mort a cru à un certain ordre du monde, à une certaine limpidité des âmes. Ce jour de mars 2000, alors qu'elle me lisait sa lettre maladroite et que j'observais son visage buté, que rien n'aurait pu ramener à la raison (ou plutôt à la déraison), je me croyais plus maligne qu'elle, je pensais avoir alors compris que l'unité et la clarté des êtres ne sont qu'illusion, que nous sommes tous multiples et que notre existence est le miroir même de cette fragmentation, offerte tantôt au jour, tantôt à la nuit, la vie n'étant qu'une série ininterrompue de sauts qu'on essaie de rendre le moins maladroits possible afin de ne pas déclarer forfait et de pouvoir continuer, et peu importe où on saute, peu importe comment on saute, l'important c'est de pouvoir poursuivre, oui, je croyais que la vie venait suffisamment de me prouver combien je m'étais trompée pour avoir accepté que nulle frontière n'est étanche, qu'il y a toujours une brèche : on saute parfois à pieds joints dans la boue, dans la merde, dans un tas de fumier, et on s'en extrait au plus vite en espérant que personne ne nous y a vu. Oui, quelque chose, au fond de moi, continuait sans doute à refuser ce brouillage des cartes et persistait à croire à la cohérence de l'âme humaine. À la vérité des mots : mon père ne nous avait pas dit qu'il avait joué le jeu de la corruption, j'avais cru ce que son silence insinuait. Je l'avais cru. Je croyais en son silence, comme je croyais, je crois encore, que les mots ont un sens.

Je me souviens qu'il n'y a pas si longtemps, deux ans peut-être, ma sœur, avec laquelle je parlais un jour au téléphone, avait soudain lâché, au détour de la conversation : « Oui, tu vois, c'est ce qui s'est passé pour papa, dans cette histoire de pots-de-vin il s'est comporté comme un salaud, il a fait ce qu'il a fait, et alors ? » Elle avait prononcé cette phrase comme s'il n'y avait aucun doute possible quant à ce constat, c'était une simple incise dans la discussion, un simple point de comparaison, et elle était passée à autre chose, alors que moi je ne passais plus à rien, ses paroles me faisaient l'effet d'une déflagration, elles étaient d'une violence inouïe, je m'efforçais de passer de ces mots-là, *Papa s'est comporté comme un salaud*, à la représentation que j'avais encore et toujours de mon père, et au cours de ces longues secondes j'ai éprouvé, comme aujourd'hui, un fossé que rien ne pouvait combler, j'étais incapable d'attribuer l'adjectif « salaud » à mon père, ça ne *collait* pas, la seule pensée qui me venait, péniblement, tandis que ma sœur continuait son monologue, était qu'elle avait sans doute un peu perdu la tête, qu'elle ne savait plus mesurer ses propos, que toute cette histoire l'avait rendue hystérique. Qu'elle était complètement folle de penser ça : que mon père puisse être un salaud.

Je comprends ce matin que ma sœur savait passer des premières lignes du paragraphe aux lignes suivantes. Elle avait appris à sauter par-dessus le fossé, à le franchir presque allègrement. De cette manière simple, dépourvue d'affect : notre père avait, à un moment de son existence, sauté à pieds joints dans la merde. Il était ça, aussi. Ma sœur, elle, sait combler les trous.

J'ai relu cet été la *Lettre au père* de Franz Kafka. C'était le mois de juillet. J'étais seule chez moi, dans l'appartement dans lequel je venais d'emménager, en face du cimetière du Père-Lachaise. Le soleil baignait la pièce. Tout était très silencieux. La première fois que tu es venu ici, tu as regardé par la fenêtre, et j'ai senti que quelque chose en toi défaillait. Tu t'es aussitôt ressaisi, tu as dit, en t'efforçant de sourire : « Eh bien, au moins, tes voisins te laisseront tranquille », et je t'ai rendu ton sourire. Mais je venais de comprendre, brutalement, que toi, jamais tu n'aurais pu habiter ici, face au cimetière où ma mère avait été incinérée. J'ai compris, dans le même éclair, combien sa mort t'était toujours aussi insupportable, et je te fais un aveu : j'ai aimé ça. Oui, j'ai aimé savoir que la mort de ma mère t'était encore aussi violente, aussi douloureuse. Cela signifiait qu'elle te manquait toujours, cela signifiait qu'elle était encore très présente en toi. Tu es si silencieux, tu parles si rarement d'elle, on se demande parfois si tu ne l'as pas oubliée, cadenassée dans un recoin de ta mémoire interdit aujourd'hui d'accès, comme je me demande par moments si tu ne m'as pas oubliée. Je fais partie de ta vie d'avant, la vie d'avant la mort de ma mère, la vie heureuse où tout semblait parfait, éclatant d'ordre et de succès, et depuis tu t'es efforcé, de toute ton énergie, de mener une autre vie, en tout point différente. Alors, ce jour-là, lorsque je t'ai vu si mal, le temps d'un souffle, j'ai senti que quelque chose en moi reprenait vie. J'ai senti que ta souffrance nous rapprochait violemment, lumineusement. C'est égoïste, je le sais. Puéril, peut-être. Je devrais avoir honte. Je n'ai pas honte : la lumière de cet instant, la présence fugace de ma mère entre nous, est plus forte que ma honte. Tu sais, le silence emporte tant. Il emporte tant de vie.

Cette après-midi de juillet, je n'ai pas bougé de chez moi. J'ai relu ce texte de Kafka. Cette lettre de souffrance, nourrie d'impuissance et de culpabilité. J'ai pensé à toi. À nous. On pourra m'objecter qu'eux, ça n'a rien à voir avec nous deux. C'est vrai : eux, c'est le rapport de force, la présence écrasante du père, la sentence paternelle incompréhensible et arbitraire. Toi, tu as toujours été doux avec moi. Tu m'as laissée choisir. Le jour où j'ai rassemblé mon courage et osé te dire que je voulais écrire, que je voulais abandonner mon travail, m'enfermer dans une chambre pour écrire un roman, que c'était ça, le rêve de ma vie, mon rêve depuis l'enfance, tu m'as simplement répondu : « Fais-le, autrement, tu le regretteras toute ta vie. » Y a-t-il beaucoup de pères capables de ça ? Y a-t-il beaucoup de pères capables de cette confiance-là, de cet amour-là ? Pourtant, à la lecture de cette lettre, j'ai senti quelque chose de très douloureux me traverser. La sensation d'étouffement qui suinte de chaque phrase de Kafka m'atteignait au plus profond de moi, me rappelant un sentiment très familier, si familier qu'il me semblait presque effleurer, tandis que je lisais, ma propre peau. Oui, je lisais les mots de Kafka et il me semblait qu'on me touchait. On parlait de mon corps, on parlait de moi, on parlait de ce sentiment d'oppression avec lequel je vis depuis l'enfance, dont seule l'écriture me délivre.

Tu sais sans doute que cette lettre n'est jamais parvenue à son destinataire. Je me suis souvent demandé ce qui se serait passé, comment ce père aurait réagi à la lecture de cette lettre, comme je me demande, jour après jour, en écrivant mon livre, comment tu réagiras.

Je sais simplement une chose : je veux que mon texte te parvienne, dussions-nous ne pas en sortir indemnes. Il n'y a que dans les contes que tout se finit sans accroc. La vie, elle, laisse ses traces.

Lorsque j'ai eu dix-sept ans, après mon bac, j'ai quitté la maison pour poursuivre mes études et faire mes classes préparatoires dans un internat. Je me souviens d'une pensée qui me traversait lorsque je venais voir mes parents le week-end et que je me retrouvais sur le trottoir de leur rue, juste avant de parvenir à la hauteur de l'immeuble dans lequel ils habitaient : je m'imaginais apercevant tout à coup mon père marchant dans ma direction, je le reconnaissais à sa silhouette inimitable : portant à l'épaule, comme il le faisait alors, une sacoche en cuir que je jugeais fort laide, avançant le regard très fixe et cependant comme ailleurs, le regard des personnes très myopes. J'imaginais que nous allions inévitablement nous croiser, et aussitôt, dans le même flash, j'imaginais mon père passant devant moi sans me reconnaître.

Il passe devant moi sans me reconnaître, et c'en est si brutal, si humiliant, que j'en reste sans voix, je poursuis mon chemin, j'avance telle une automate jusqu'à la porte d'entrée de l'immeuble, comme si rien ne s'était produit, comme si mon père et moi ne venions pas de nous croiser. Les deux seules pensées qui me viennent, de manière concomitante, sont que d'une part j'existe si peu que je suis totalement transparente, que d'autre part n'importe quelle fille normale se serait mise à courir en riant vers ce père passé devant elle sans la reconnaître et exclamée : « Mais papa, tu ne vois pas que je suis là ! », et que ce père aurait alors éclaté de rire, se serait excusé de sa distraction et aurait serré sa fille dans ses bras.

Ce que j'ai si souvent imaginé ne s'est jamais produit. Vingt ans après, je me demande si cette divagation aussi douloureuse qu'irraisonnée tenait au fait qu'à cette époque, où j'étais encore adolescente et ne me sentais pas encore femme, j'avais le sentiment que mon apparence pouvait changer du tout au tout selon les jours, que je ne contrôlais pas mon corps, qu'il m'échappait, pouvant se modifier sans cesse, et que cela ne tenait à rien, ou plus précisément à rien que je sache identifier : un jour je me sentais avoir le même physique, en un peu plus âgé, que la jeune fille de treize ans que j'avais été ; le jour d'après je me sentais extrêmement différente de cette jeune fille, tant ce que j'éprouvais, et qui était si nouveau, si intense, me paraissait rejaillir sur mon physique et donc le métamorphoser radicalement.

Oui, je me demande si cette peur provenait de cette période d'extrême vulnérabilité qu'est l'adolescence au cours de laquelle on est si à vif, si perméable à tout, qu'on ne possède pas encore, d'une certaine manière, de propre peau ; ou si cela tenait au fait que j'étais si peu certaine de l'attention de mon père à mon égard que je redoutais, si je le rencontrais fortuitement dans la rue, qu'il ne me reconnaisse pas.

Je n'ai jamais oublié cette pensée de mes dix-sept, dix-huit ans. Il me semble aujourd'hui qu'elle traduit, quoi qu'il en soit, outre l'obsession de l'attente portée à mon père, ce sentiment ancré en moi depuis longtemps, douloureux, que mon père et moi passons notre vie à nous frôler sans jamais nous atteindre.

J'ai éprouvé durant les mois d'incarcération de mon père une douleur intense et aiguë, située au centre de l'abdomen, une lame de couteau qui m'aurait été enfoncée en plein ventre. L'origine de ce mal, je l'ai identifiée très vite : c'était une image, celle que mon cerveau, en proie à une forme soudaine de dérèglement, s'était mis à générer en continu, de manière obsessionnelle. Mon père, arrivant le matin au siège du groupe Vivendi après avoir passé la nuit dans sa cellule, répondant d'un salut de tête au sourire policé des hôtesses d'accueil, se tenant raide dans le hall d'entrée face aux portes fermées de l'ascenseur, empruntant ce dernier, parcourant les longs couloirs recouverts de moquette qui mènent à son bureau, sa main serrant peut-être un peu plus fort qu'elle ne le faisait auparavant son attaché-case, mon père, passant chaque matin en quelques minutes de la nuit au jour, de l'univers carcéral à ce qu'on appelle la liberté, du sas de sortie où on lui remettait ses affaires personnelles, ses papiers, son téléphone portable, tout ce qui la veille au soir lui avait été confisqué et l'avait réduit à ce qu'il ne connaissait auparavant pas de lui, à l'atmosphère luxueuse et feutrée de Vivendi. Oui, le même film sidérant se déroulait devant mes yeux, j'avais beau tenter de les chasser les images défilaient, je voyais mon père effectuer comme chaque matin depuis des années le même parcours, et tout ce qui avait changé soudain, comme dans ces films où la situation se renverse si brutalement que le spectateur en reste quasi sonné, mon père, puissant et libre devenu d'un coup chancelant et privé de liberté, accélérant le pas de manière à ne croiser personne dans ces couloirs interminables, alors qu'auparavant il aimait peut-être s'arrêter quelques instants, échanger quelques mots avec l'un des autres directeurs du groupe, de son air grave et rêveur, s'imaginant sans doute, comme son interlocuteur, réfléchir à des problématiques essentielles, stratégiques, oui, je voyais mon père empruntant comme il l'avait fait tous les jours depuis deux décennies ces longs couloirs silencieux qui eux n'avaient pas changé, s'efforçant de tout son être de faire comme avant mais ne *pouvant* plus faire comme avant, rasant les murs sans s'en apercevoir peut-être, parce que la vie *elle* avait changé, la vie s'était renversée, elle s'était faite cinglante, l'avait d'un coup mis à terre, et, certainement le regard des autres sur lui, lorsqu'ils le croisaient dans les couloirs, avait lui aussi changé : parce que, je le savais désormais, les autres, toujours ou presque, portent sur vous un regard qui n'est autre que le reflet de votre propre apparence. Le reflet de mon père, à présent, était celui d'un homme jugé puis condamné pour corruption, le reflet d'un perdant, d'un humilié, le reflet d'un homme qui la nuit dormait en taule.

Mon père, chaque matin, passait de la prison à Vivendi, et je me demandais ce qui était le plus humiliant : se réveiller en se découvrant enfermé entre des murs au côté d'un codétenu qu'on ne connaît pas, ou se rendre, chaque matin, à partir de l'heure à laquelle on vous en donne l'autorisation, à son bureau avenue de Friedland.

Je me demandais comment mon père pouvait avancer dans ces longs couloirs. Comment il en trouvait la force. Je me disais que moi, à sa place, je n'aurais pas pu faire un pas. Je me serais peut-être laissée tomber. Où, je ne sais pas. Mais avant. Avant le couloir.

Ce que j'éprouvais en songeant à mon père arrivant le matin chez Vivendi n'était pas un sentiment de honte. En 2000, jamais je n'ai eu honte, à aucun moment : ni lors du procès, ni lors du verdict, ni lors de l'exécution de la peine. Je pense aujourd'hui que cela aurait pourtant pu être le cas : j'aurais pu, à l'annonce de la condamnation de mon père, sentir quelque chose se rétrécir en moi, me retrouver moi aussi entraînée dans le même mouvement que subissait mon père : diminuée.

Ce n'était pas un sentiment de honte. J'imaginais mon père arrivant le matin dans les bureaux de Vivendi et j'aurais tout donné pour pouvoir le porter. J'avais mal pour lui comme jamais je n'avais eu mal pour personne.

Ce n'était pas la honte : c'était l'amour.

Tu étais directeur des activités de distribution d'eau. Il fallait remporter des marchés. À l'époque, il était vivement recommandé de se montrer généreux envers les partis politiques en place sur le terrain pour se voir attribuer des marchés publics. Les grands partis, ne parvenant pas à se financer via les cotisations d'adhérents, avaient institutionnalisé la corruption : attribution des marchés publics aux plus offrants. Quelles entreprises visant des marchés publics n'ont pas fonctionné ainsi ? Toutes les entreprises qui travaillaient pour l'État ou dépendaient de lui étaient concernées. Les secteurs devant leur prospérité aux commandes publiques étaient les plus touchés : le BTP, l'eau ou les exportations d'armes. Pour n'en citer que quelques-uns, outre la Générale des Eaux, Dumez, la SAE, la Lyonnaise des Eaux, Luchaire, Dassault ont été mêlés à des affaires en tout genre. En quelque sorte, ton histoire est révélatrice de la corruption qui régnait dans ces années-là : lors du procès, en octobre 1997, sous la pression très efficace du juge d'instruction, toi et le directeur commercial du groupe êtes contraints d'expliquer que vous avez versé de l'argent aux élus de la ville de Saint-Denis pour entretenir des « relations amicales » avec eux. La corruption politique engendrait – engendre encore – une foule d'intermédiaires qui n'appartenaient ni à l'État ni au marché, violant les règles de ces deux derniers. Il a été établi que des pots-de-vin blanchis d'un montant de cinq millions de francs ont été versés par la CGE à un mystérieux « intermédiaire », patron d'un bar très couru à Saint-Denis. Officiellement, ces sommes servaient à rémunérer celui-ci pour ses précieux contacts à Djibouti en tant que « super agent commercial ». L'argent transitait sur des comptes bancaires de Djibouti et en Suisse. Or, une bonne partie de cet argent a été retrouvée dans les caisses d'élus locaux. Le P-DG alors en place, Guy Dejouany, a déclaré n'être au courant de rien.

Quasiment tous les partis politiques français ont été arrosés. C'était à la fois un système, et un secret de polichinelle. Tout le monde le savait. Toi aussi, tu as fait ça. Tu l'as fait au moins une fois. Avais-tu le choix ? As-tu assumé une part de responsabilité qui n'était pas la tienne ? D'autres, à ta place, auraient-ils refusé ? Sans doute. Il y a toujours des êtres assez droits pour ne pas accepter les coups tordus. Eux auraient très vraisemblablement perdu ce marché. Ils auraient peut-être également perdu leur poste : on assume ses choix. Ceux qui ne jouent pas le jeu du succès quittent la cour des puissants. C'est ainsi que le monde tourne.

Toi, tu as remporté ce marché. Tu as peut-être été félicité dans les hautes sphères du groupe. Quoique… C'était un petit marché, comme tu l'avais précisé. Étais-tu félicité pour l'obtention d'un petit marché ?

Un beau matin, les juges ont décidé de mettre un peu d'ordre dans tout ça. On a su que ça sentait le soufre. Ils ont eu accès aux dossiers, ont perquisitionné les bureaux, cherché, fouillé, enquêté. Ils ont trouvé ce qu'ils cherchaient. Mis au jour les manœuvres frauduleuses. Ceux qui ont pu ont affiché des mines offusquées. Ils ont joué les candides, les innocents : moi rien savoir. Restaient les autres, ceux qui ne pouvaient pas s'enfuir. Ceux qu'on cueillait la main dans le sac. Tu en faisais partie. Tu t'es fait piéger, tandis qu'autour de toi, au-dessus de toi, on s'envolait à tire-d'aile, dans un rapide froissement silencieux. On n'avait jamais rien su de ces basses manœuvres. Ainsi va la vie : la générosité finit le plus souvent là où commence la mise en danger de soi. Chacun sauve sa peau.

Faut-il se résoudre à voir les choses ainsi : simplement ? Un système, une époque. La course aux profits. On appartient à un monde, à un temps. S'en croire détaché, donc libre, est illusoire : le cadre et le temps qui nous traversent impriment fortement notre trajectoire. On est marqué au fer rouge. Le fer brûle la peau. C'est d'une logique imparable : tu as voulu gagner. Tu t'es « tordu », adapté. Quels sont les êtres assez fous, assez idéalistes, pour ne pas vouloir gagner, dans un monde où seuls les gagnants ont une place ?

Il m'a fallu du temps pour trouver le courage d'écrire ce livre. Peut-être parce que, sans me l'avouer, je préférais ne rien comprendre à tout ça, à cette grande nébuleuse de l'année 2000, semblable à une longue nuit violente à laquelle n'aurait succédé nulle aurore. Ne rien savoir était confortable. Je m'accommodais des non-dits dans lesquels baignait cette « affaire » – tu vois, je ne sais même pas comment nommer cette histoire. Je m'y sentais presque en sécurité. Le silence est pour nous un territoire si intime, si familier, qu'il constitue notre espace vital, le seul au sein duquel nous sachions nous mouvoir, même si nous y étouffons, celui dans lequel nous nous perdons mais où nous nous obstinons à errer – et toujours il en a été ainsi, sans que je sache bien pourquoi. Je rêvais d'une vérité qui te ressemble, et je pensais que te ressembler, cela signifiait s'accorder à l'image que j'aurais tant aimé retrouver de toi : celle du père de mon enfance. Quelque chose de noble, de libre. Quelque chose qui m'aurait grandie. J'espérais trouver à toute cette affaire un sens qui jusqu'alors m'avait échappé, que cette quête de papier m'aurait permis de traquer. Pour dire les choses autrement, je croyais que tu n'étais qu'un. Je pensais donc trouver quelque chose de clair.

Je commence seulement à comprendre.

Tu avais beau réfléchir une fois par mois, avec d'autres, à des questions d'éthique personnelle et d'éthique d'entreprise, tu avais beau avoir énormément lu, être capable de citer par cœur, avec admiration et sans ostentation, des premières phrases de roman, celle de *La Condition humaine* par exemple (pourquoi est-ce de celle-ci que je me souviens ? et

Je suis intervenue en 2004 dans une maison d'arrêt pour femmes, à Versailles. Treize femmes étaient venues assister à la rencontre. J'avais alors publié deux livres : le premier retraçait la confrontation, sur quelques jours, d'un père et de sa fille, celui-ci sortant de vingt ans de prison et demandant à sa fille de l'héberger. Le deuxième, l'histoire d'une jeune femme jugée pour infanticide et attendant, alors que son procès en cour d'assises vient de s'achever, le verdict des jurés.

Une petite demi-heure venait de s'écouler lorsqu'une des femmes, qui avait déjà pris plusieurs fois la parole pour s'exprimer sur l'enfermement, m'a demandé : « Pourquoi la prison dans vos deux livres ? » Son regard sur moi s'est fait acéré et ne m'a plus lâchée. Sensation d'un coup qu'on m'aurait porté sans que je m'y attende. La panique m'a gagnée, un combat intérieur s'est déclenché : surtout ne rien dire de ce qui était arrivé à mon père, surtout ne rien montrer de mon émotion. J'ai lutté. J'ai réussi à extraire de je ne sais où un bloc de défense, un bouclier qui dormait quelque part en moi. Je suis allée le chercher très loin, en un éclair, dans un de ces mouvements fulgurants que l'on a parfois lorsqu'il faut réagir très vite. J'ai répondu calmement à cette femme que les situations d'enfermement me permettaient de resserrer mon propos, d'atteindre une plus grande densité d'écriture. La femme continuait à me fixer de ce regard dur et usé, duquel affleurait pourtant, je le sentais, une forme de compassion. Elle a insisté. M'a posé des questions. L'armure s'est faite plus épaisse encore. J'ai menti. Je lui ai dit que personne autour de moi n'avait fait de la prison. Que je n'en connaissais rien. Que cet univers m'était totalement étranger. J'éprouve encore aujourd'hui, en écrivant ces lignes, la sensation de mon être entier arc-bouté à mes mots, comme si tout en moi s'adossait à ce mensonge que je m'entendais faire, consciente que si les mots venaient à me manquer, je risquais de m'effondrer, d'un coup, devant ces treize femmes.

Il y a eu un petit temps. La femme me fixait toujours. Le combat n'était pas fini : elle me fouillait des yeux. J'étais à nu. À vif. Écartelée entre la loi du silence que pour rien au monde je n'aurais osé briser, et le désir impérieux que je ressentais soudain, dans cette toute petite salle, devant ces femmes inconnues enfermées entre ces murs, vulnérables et pleines de souffrance, de soudain tout leur dévoiler. Tout leur balancer. La tension dans la petite salle était palpable. Je me souviens du regard de cette femme sur moi, de ma lutte intérieure, de cette violence, et autour, comme en rêve, des autres femmes qui ne bougeaient pas, qui semblaient attendre une déflagration qui se produirait peut-être – peut-être pas.

Jusqu'à ce que la femme, comme si elle avait décidé de laisser tomber, lâche, d'une voix devenue étrangement douce : « En tout cas, vous, que vous le sachiez ou non, vous avez un problème à régler avec la prison. »

J'ai adossé depuis longtemps ma vie à l'écriture. Je m'en suis remise à elle comme on s'en remet à un être qu'on aime : éperdument. Envers et contre tout. Écrire, c'était lutter contre le silence. Faire surgir, des eaux dormantes, des mots que je découvrais miens. C'était prendre conscience que je pouvais, moi aussi, parler.

Écrire, c'était aussi tenter de mettre en ordre ce qui dans ma vie l'était si peu. Avoir l'illusion de triompher sur le désordre.

Aurais-je tout faux ?

Pour la première fois ce matin je me demande si l'écriture peut résoudre quoi que ce soit. J'ai peur de m'être trompée, que cette entreprise d'écriture soit vaine. J'ai peur d'en rester avec ces blancs qui m'aveuglent, ces trous noirs qui m'aspirent. J'espérais, en m'engageant dans ce texte, faire jaillir du sens, reconstituer une unité. Retrouver quelque chose de ce plein que j'ai perdu, brutalement, il y a dix ans. Combler les espaces béants qui sont apparus d'un coup dans le tracé de ma vie.

Mais j'ai beau convoquer ma mère, ma vie d'avant, la lumière du passé, j'ai beau m'efforcer de retracer l'histoire, de rassembler les morceaux, un par un, tâtonnant, cherchant, étendant bras et mémoire aussi loin que possible, le fil est rompu, les morceaux ne s'assemblent pas. L'histoire reste éclatée. Je voulais percer le secret du cadre, trouver la pièce manquante du puzzle qui aurait enfin permis que tout s'assemble à nouveau, que tout s'éclaire. Celle qui aurait rétabli le lien entre le père lumineux aux côtés duquel j'ai grandi et l'homme accusé de corruption, entre le monde de mon enfance et mon présent, mais je n'y parviens pas : tout reste en fragments, explosé, sans unité possible.

Je bute contre un instant précis : celui où mon père a accepté d'entrer dans le jeu de la corruption. Ce moment de basculement où il a décidé, en son for intérieur, en toute liberté, de verser de l'argent pour obtenir le marché. Était-ce un matin, très tôt, dans le calme de son bureau ? une nuit, au côté de sa femme qui dormait ? La décision s'est-elle prise sur-le-champ ? très lentement, après de multiples tergiversations ? Qu'a-t-il ressenti juste après ? Un sentiment de culpabilité ? de honte ? d'impuissance à l'égard d'un système ? ou au contraire de toute-puissance ? S'est-il considéré comme perdant, ou gagnant ? ou bien ni l'un ni l'autre ? Aurait-il aimé ne pas avoir à choisir ? Ou bien a-t-il pensé que cette décision, bien que difficile à prendre, relevait au contraire d'une des expériences humaines les plus fortes qu'il ait eu à vivre jusqu'à présent ? Qu'elle lui donnait accès à une part de lui-même qu'il n'avait pas encore eu la possibilité de mettre à l'épreuve : avoir à choisir lorsque le choix n'est pas possible ? Qu'elle était en ce sens fondatrice ? Après avoir tranché, s'est-il senti plus fort ou plus faible ? Plus uni ou plus désuni ? Je me heurte à une porte close, à un cadre dont je ne parviendrai jamais à faire sauter les scellés. Je le sais désormais : cet instant lui appartient. Même si je lui posais la question, mon père vraisemblablement ne répondrait pas. Et sans doute aurait-il raison : peut-être n'y a-t-il pas de réponse possible, comme il n'y en avait pas au moment des faits. C'est son espace de liberté, sa véritable identité, celle, très vaste, à l'intérieur de laquelle chaque être a le pouvoir de briser des lignes droites. Nous sommes tous multiples, irréconciliables. Mon père, comme chacun de nous, emportera son secret dans la tombe. L'écriture ne réconcilie rien.

Je ne sais désormais qu'une chose : buter contre cet instant, c'est buter contre l'image que j'ai de mon père. C'est me trouver confrontée à sa complexité, sa part d'ombre. Son énigme.

C'est, peut-être, me trouver enfin confrontée à mon père, et non plus à son image.

J'ai cinq ou six ans. Je suis dans l'eau avec toi. Est-ce la mer, est-ce une piscine ? Je ne sais pas. Je ne me souviens que de nos deux corps qui flottent, et toute cette eau autour, qui me paraît si vaste. Tu te retournes vers moi, tu me proposes quelque chose d'inédit : monter sur ton dos. Et me voilà d'un coup juchée sur toi, tu me parais puissant, solide, insubmersible, tu nages et je suis assise, cuisses serrées, royale, triomphante, la plus heureuse des enfants, j'avance en reine au-dessus de l'eau, j'agrippe tes épaules et je crie certainement, comme crient de jouissance tous les petits enfants lorsqu'ils sont les rois du monde, tout est léger soudain, toi et moi c'est léger, c'est l'enfance facile, c'est moi qui peux hurler, c'est toi devenu un éléphant de mer, qui fais semblant par moments de couler, de n'en plus pouvoir du poids de mon corps sur le tien, tu vas te noyer, nous allons nous noyer ensemble, et je ris, je ris, je me souviens encore aujourd'hui de cette sensation de bonheur, toi qui me portais, qui m'emportais, et moi qui étais sur toi, qui pouvais te toucher, toucher ton corps, ta peau, tes épaules, tu n'étais pas au-dessus mais en dessous de moi, cette fois c'était toi qui m'élevais et non moi qui tentais de me hisser à ta hauteur, tout était à l'envers, tout était nouveau : je découvrais le monde une nouvelle première fois.

Je veux que tu descendes dans l'arène. J'y suis déjà. Je t'y attends. Regarde-moi. Je te parle. Regarde-moi lorsque je te parle. Ne souris pas. Cesse de sourire. Lorsque tu souris je ne peux plus parler. Lorsque tu souris j'en perds les mots. J'en perds ma chair. Je me dissous. Je ne veux plus me dissoudre. Je ne veux plus que la douceur de ton sourire soit le bandeau de ma bouche. Je veux exister. M'appartenir. Ne plus m'éteindre devant toi. Dis-moi pourquoi tu ne veux pas que j'écrive ce livre. Dis-moi pourquoi tu le liras mais sans doute n'en diras rien. Sans doute contourneras. Feras comme si tu ne l'entendais pas. Dans notre famille, on se tait. De plus en plus, on se tait. On s'enfonce dans le mutisme comme d'autres dans l'alcool. Mes livres n'y ont rien changé. Mes livres eux aussi se sont laissé avaler. D'année en année, quelque chose qui ressemble à la honte s'est dessiné autour de moi, comme un sillon que je creuserais de mes propres mains, de mes propres mots, je me demande parfois si ce sillon n'est pas ma tombe, si je ne vais pas finir par y tomber, épuisée, épuisée de chercher, de forer, de tenter de faire entendre ma voix, pour au final ne recevoir que votre silence, assourdissant comme la plus cinglante des gifles, comme si rien n'avait été dit, comme si mes mots étaient des coquilles vides, sans résonance, du papier se consumant entre vos doigts, de livre en livre je tombe dans votre indifférence, de livre en livre je tombe dans mon trou, je vais peut-être, un jour, y rester, le trou se sera agrandi jusqu'à absorber l'entière terre ferme, je serai prise à mon propre piège, seule avec ma voix, incapable de remonter, il y aura vous en haut et moi en bas, et ce sera trop tard, nos espaces seront disjoints, éclatés, nous ne pourrons plus les rassembler, nous ne pourrons plus nous rejoindre.

Dis-moi pourquoi tu te tais, chaque fois un peu plus, comme si en écrivant j'accomplissais un sacrilège, je comprends à chaque livre, péniblement, à mesure que le silence monte, comme des eaux qui menacent de m'engloutir, que j'ai commis quelque chose qui ne se fait pas, qui ne doit pas se faire, je ne le sais pas tout de suite, je le perçois aux quelques paroles embarrassées que tu balbuties parfois, tu essaies de dire mais tu ne peux pas, je le vois bien, tu es impuissant, et ton impuissance me tue, tu restes en deçà, au bord de mes mots, tu ne peux pas les traverser, tu ne peux pas venir jusqu'à moi, j'ai peut-être fouillé là où il ne fallait pas, là où ça dérangeait, terrain trouble et glissant, je n'aurais pas dû m'y aventurer, j'aurais dû rester là où c'est propre, là où ça sent bon, m'en tenir à des sujets dont il est aisé de parler dans les dîners en ville, les réunions de famille, une *vraie* histoire que je raconterais, avec un début un milieu une fin, de vrais personnages, c'est-à-dire des personnages inventés, des personnages de fiction, auxquels j'aurais accordé juste ce qu'il faut de personnel pour que ça sonne juste, un livre avec une trame, quelque chose qui se passe.

Mais moi je n'en veux pas des vraies histoires, elles ne m'intéressent pas les vraies histoires, écrire ça n'est pas raconter des histoires, c'est tenter d'atteindre la lisière de la vie, cette matière-là, mouvante, violente, imprévisible, or la vie ça n'est pas une histoire, la vie ça ne se déroule pas, ça ne *passe* pas, ça se tord ça hoquette ça n'a ni début ni milieu ni fin, pas de personnages, ce sont des corps qui avancent, qui tombent, qui aiment, qui ne savent pas, on avance tous en titubant, et personne n'en sort indemne, on finit tous par en mourir. Alors qu'on me laisse dans mes livres aller vers l'irracontable, pénétrer les espaces nocturnes au seuil desquels les mots sont restés faute d'avoir pu être prononcés, qu'on me laisse chercher là où la vie a enfoui, là où la vie a caché, c'est là que je veux aller, dans ces pays perdus, ces terres de non-dits, comme dans l'amour on cherche à rejoindre l'autre dans ce qu'il a de plus secret et que seul parfois le corps finit par livrer, dans un cri que nul mot ne pourra jamais remplacer.

Tu ne dis rien, je le vois, tu restes pétrifié, mais je n'ai pas fini, écoute-moi encore. Ne t'en va pas. Ne t'enfuis pas. Ce courage, je ne le retrouverai pas une seconde fois. Je n'aurai pas la force une seconde fois. Si je m'arrête, c'est foutu. Si je m'arrête, toi et moi avons perdu. Ce courage, je nous le donne à tous les deux. C'est mon cadeau. Il y a des cadeaux moins violents, je le sais. Plus doux. Mais je ne suis pas douce. Ceux qui me croient douce se trompent. Ce qu'ils prenaient pour de la douceur n'était que mon cri étranglé. Reste. C'est maintenant que ça se passe. Moi qui cherche à te rejoindre, à te trouver, parce que je suis ta fille et que je pense qu'à trente-sept ans une fille doit avoir enfin rencontré son père, et pouvoir tenir debout face à lui, sans vaciller ni tomber, et pouvoir lui parler, lui dire les mots qui lui appartiennent, ne suis-je pas en train de faire exactement l'inverse de ce qu'il faudrait faire, ne suis-je pas en train de creuser le fossé qui nous sépare, une fille normale sans doute décrocherait son téléphone, une fille normale sans doute te proposerait de déjeuner avec toi, te dirait Voilà j'aimerais qu'on parle toi et moi, elle n'écrirait pas tout un livre qui risque de détruire le très fragile lien qui subsiste entre elle et son père. Je ne suis pas une fille normale. Je suis ta fille. Tu es mon père. Toi et moi nous ne sommes pas normaux. Nous sommes désaxés. Personne ne s'en rend compte car nous sommes très habiles pour dissimuler mais tous les deux nous le savons : nous sommes en perpétuel déséquilibre. Nous sommes en perpétuel vertige. Nous sommes dans le vertige du silence. Nous luttons depuis toujours pour ne pas nous laisser noyer par l'empêchement des mots. Je sais maintenant pourquoi ce livre il me fallait l'écrire. Cette affaire dont nous n'avons jamais parlé n'est que la chambre d'écho du silence qui existe entre nous depuis le commencement, dans lequel jour après jour nous nous enlisons un peu plus, nous nous noyons. Je ne veux plus me noyer. Je veux remonter à l'air libre. Respirer. Alors ce livre, c'est pour moi l'expérience extrême, je mets notre lien en jeu, je nous mets en jeu, regarde, c'est mon pari, je te propose ce livre, je te le tends, je le place entre toi et moi, c'est pile ou face, pile c'est la violence de ton silence définitif, face c'est notre amour qui l'emporte, c'est toi qui me serres dans les bras et qui me parles, qui nous délivres enfin, aujourd'hui en écrivant ces lignes je ne sais pas ce qui va sortir, je ne sais pas mesurer mes chances, j'ai peur mais je poursuis, je n'ai plus le choix, je me tiens sur un fil au-dessus du vide, j'étends les bras pour ne pas tomber, pour trouver un semblant d'équilibre, j'avance très lentement, je respire, je n'ai jamais été aussi concentrée, aussi lucide, je n'ai jamais autant misé, jamais non plus été près d'autant gagner, et si je ne le faisais pas quel serait le sens de mes livres, franchement, je préfère risquer que mes livres nous explosent au visage plutôt qu'ils soient de simples objets sagement rangés sur une étagère, inertes, vite oubliés, j'ai toujours préféré le mouvement, fût-il violent, à ce qui se fige.

Je sais ce que tu vas me dire. Je t'entends d'ici. Je te connais si bien que tu n'as pas besoin de prononcer les mots pour qu'ils m'atteignent, nous y voilà, encore une fois, c'est peut-être pour cette raison aussi que nous ne parlons pas, nous pensons ne pas en avoir besoin parce que nous savons tout de l'autre, avant même qu'il n'ouvre la bouche, ses pensées et ses peurs, ce qui l'émeut et ce qui lui est insupportable, entre toi et moi c'est l'amour fou et l'asphyxie dans le même temps, c'est ton souffle qui passe directement dans mon souffle, alors voilà, tu vas me dire, Mais enfin Laurence, te rends-tu compte de ce que tu as fait, ce livre que tu as écrit, toutes ces choses intimes que tu racontes ? Tu parles de nous tous, tu parles de ta mère, tu parles de ta sœur, mais enfin qu'est-ce qui t'a pris, tu as perdu la tête ? Tu t'efforceras de parler avec calme, le ton de ta voix sera maîtrisé mais moi je percevrai le bouillonnement intérieur, les flots déchaînés, tu me diras encore, toi qui en es resté aux *vrais* romans, à *La Condition humaine* et aux livres de Romain Gary, tu me diras Laurence, tu fais fausse route, vraiment, je crois que tu te trompes, je crois qu'écrire ce n'est pas ça, ce n'est pas régler ses comptes, tout déballer sur la place publique, dis-moi qui ce livre peut-il intéresser, il s'agit de notre famille, de notre histoire, de tout ce que nous avons perdu, tout ça est très petit, ne concerne pas les autres, comment des inconnus pourraient-ils être touchés par cette histoire, ce qui nous est arrivé ne leur est pas arrivé, et en plus, mais j'y reviendrai plus tard, en plus, Laurence, tu commets beaucoup d'erreurs, dans cette affaire il y a tout un tas d'éléments dont tu ne rends pas compte, que tu as occultés, l'univers de l'entreprise tu ne le connais pas, tu y as travaillé trois ans, tu ne sais rien, tu vis dans tes livres, tu vis dans tes mots, tu ne connais pas le fonctionnement de ce milieu, ses codes, ses règles, tu ne sais même pas comment hiérarchiquement cela se passait à la Générale des Eaux, comment les contrats se décrochaient, se signaient, tu oublies les très longues phases de négociation, les historiques, les multiples partenaires, tu oublies les intermédiaires, je n'étais évidemment pas seul, je ne comprends pas comment tu as pu te lancer dans ce livre avec aussi peu d'éléments, il y a tant de choses bancales, imprécises, ignorées, du coup l'ensemble est faux, la vérité que tu proposes est fausse, tu n'as pas reconstitué l'affaire, mais de toute façon nous n'en sommes même pas là, voyons, avant toute chose, ce livre, il n'a rien d'élégant, tu t'en rends compte tout de même, tu en as bien conscience, je me fais une tout autre idée de la littérature, et je pensais que toi aussi, une idée plus noble, plus vaste, Laurence, Laurence, tu es en train de te fourvoyer, de prendre une mauvaise pente avec tes livres, tu prétends être à la recherche de quelque chose mais je me demande bien ce que tu cherches, à part du désordre, est-ce qu'on t'a déjà dit qu'à trop chercher on finissait par s'égarer, par faire fausse route, non, vraiment, tu n'en viens qu'à faire du mal autour de toi et tout ça pour quoi, franchement.

Oui, tu me parleras ainsi et je ne crois pas me tromper en affirmant que tu en profiteras pour me dire aussi, sans doute, parce que tout de même tu es très énervé, ça t'arrive rarement mais cette fois tu es très énervé, tu parais l'homme le plus doux au monde mais lorsqu'on contrecarre tes plans tu deviens un rapace, un faucon, tu foudroies, et ce livre, tu ne voulais pas que je l'écrive, je t'avais promis que je ne le ferais pas et je l'ai pourtant écrit, aussi cette fois ai-je outrepassé mes droits, franchi la limite, j'ai fait ce que tu m'avais défendu, c'est pourquoi tu continueras sur ta lancée, tu ajouteras, D'ailleurs, si je peux me permettre, c'était déjà un peu le cas avec le précédent, tu joues l'étonnée, tu joues l'offusquée, tu te demandes pourquoi on ne te parle pas de tes livres, mais enfin vois ce que tu y mets, dans tes livres, te rends-tu compte de la blessure pour tes proches, te rends-tu compte de ce qu'on y lit, de ce que *tout le monde* y lit, non vraiment Laurence, je ne sais plus quoi te dire, je ne te reconnais plus, je ne reconnais plus l'enfant et la jeune femme que tu étais, douce, heureuse, généreuse, et regarde ta vie, je n'y comprends plus grand-chose non plus à ta vie, à cette solitude que tu t'es choisie, que tu appelles toi liberté, tu casses ta vie, tu casses tes livres, mais enfin qu'est-ce que tu fais, Laurence, qu'est-ce que tu fais ? Je ne te reconnais plus.

Voilà, tu finiras peut-être par me dire ça, de ta voix redevenue basse et douce parce qu'en les prononçant tu auras mesuré la violence de ces paroles-là, que tu aurais tant aimé ne jamais avoir à prononcer – puisque tu es mon père, et que je suis ta fille. Je ne te reconnais plus.

Alors, écoute-moi. Écoute-moi bien. Lève les yeux et regarde-moi, je suis là, j'ai du mal à soutenir ton regard parce que je n'en ai pas l'habitude, d'ordinaire je fais semblant, d'ordinaire mon regard est posé sur toi mais il n'y est pas vissé, je glisse entre mes yeux et les tiens un invisible voile, oui je me protège de toi, de la trop grande clarté de ton regard, parce qu'elle me plonge dans le noir, dans l'oubli de celle que je suis, aujourd'hui c'est différent, aujourd'hui j'ai des larmes dans les yeux mais je soutiens ton regard, je m'y fixe, je m'y ancre, je lutte contre ma peur, je lutte contre ta douceur, je veux te répondre, je veux te dire que toi tu ne me reconnais pas mais *moi* je me reconnais, je me reconnais enfin, de livre en livre j'ai chaque fois la sensation de m'approcher un peu plus de là où j'ai envie d'aller, où je veux plonger les mains, et la tête, et le corps, m'engager tout entière et creuser, m'atteler à la tâche, être *dedans*, oui, de livre en livre toi tu crois que je m'enfonce dans ma bulle mais moi je m'enfonce dans la vie, le voilà le grand bouleversement de l'écriture, la véritable expérience, on est dans les mots et on s'enfonce dans la vie, on pénètre la chair, on rentre à l'intérieur, là où ça bruisse, là où c'est vivant, de livre en livre je suis chaque fois un peu plus libre, je brise les chaînes qui me retiennent à ce que je n'ai pas choisi, à ce qui me fige, je largue les amarres, je me rapproche un peu plus de moi, si je te disais comme la route est longue, comme je viens de loin, d'un corps immobile empli de terreurs, là d'où je viens ça ne bouge pas, là d'où je viens c'est la nuit, je suis née en dehors, de livre en livre je rentre chez moi, alors celle que tu vois, là, devant toi, qui a des larmes dans les yeux mais qui te tient tête, qui ne te sourit pas, qui pour une fois prend la parole en écrivant ce livre, ce livre que tu lui as interdit, ce livre qui te fait frémir, toi mon père si attaché à la discrétion, au sens de la mesure, à la sauvegarde des apparences, cette fille-là, vois-tu, c'est moi, c'est ton enfant que tu découvres enfin, c'est ton enfant qui sort du silence.

L'envers du décor. Les livres, peut-être, servent à raconter ça : ce que d'ordinaire on cache. Ce que d'ordinaire on tait.

L'envers du décor. Là où sont tapis les monstres.

J'ai habité le seizième arrondissement de Paris à partir de l'âge de six ans. Une chic et belle avenue, calme, large, bordée de marronniers, reliant le Trocadéro à la place de Mexico. J'y ai passé mon enfance, mon adolescence. Nous étions entourés, dans notre immeuble, dans le quartier, à l'école, de familles très bourgeoises, bien-pensantes, aux sourires policés et coiffures impeccables, qui allaient à la messe le dimanche et inscrivaient leurs enfants dès l'âge de treize ans dans des « rallyes », rassemblements privés ayant pour dessein de faire se rencontrer entre eux, et uniquement entre eux, jeunes filles et jeunes garçons de bonne famille. J'ai compris, tard, que l'amour, dans ce milieu, n'est au centre de rien. Ce n'est pas autour de lui qu'on bâtit des trajectoires. Ce n'est pas lui la pulsation souterraine qui fait battre les vies. C'est autre chose, qu'on se plaît à nommer aussi amour, mais qui n'en a ni la liberté ni la déraison puisque, dès l'adolescence, les transports sont balisés. Aimer, oui, mais pas tout-terrain : sur le territoire du seizième arrondissement. On ramène les égarés à la raison, doucement, à voix basse, comme on s'adresse aux grands malades, de peur qu'après avoir perdu la tête ils n'en viennent à perdre le sens des réalités. Quatre siècles après Molière, en dépit des apparences, les choses n'ont guère changé. Au diable les passions, au diable les ivresses. On leur préfère, de loin mais sans le dire, surtout sans le dire – dans ce milieu les grands principes n'ont pas à être énoncés, ils se transmettent tacitement de génération en génération, et on reconnaît ceux qui n'en sont pas à ceux qui ne savent pas – un statut social, une réputation, de l'argent. Du concret, du solide. Pas de place pour les rêveries. Un « beau mariage », oui : combien de fois ai-je entendu cette expression. Pas l'amour : l'institution. Pas le cœur, les sens, la passion : l'argent, les cases, les possessions. Et le plus tôt possible. Un mélange de crispation bourgeoise et de culpabilité judéo-chrétienne. Mesdemoiselles mariez-vous tôt, ne vivez rien avant, ou le moins possible, préservez-vous, fuyez les vertiges et les dérèglements des sens qui n'apportent que des malheurs, c'est ainsi que vous serez heureuses. Hors de question qu'une jeune fille de bonne famille s'entiche d'un garçon issu d'un milieu moins aisé. Pour parer à cette effrayante perspective, une solution a été trouvée : faire danser entre eux les jeunes gens des beaux quartiers, ceinture Auteuil-Neuilly-Passy, lors de soirées somptueuses dans des lieux très chic, avec serveurs en gants blancs proposant champagne et petits-fours à des hôtes de quatorze ans et plus, habillés pour la circonstance en robe du soir et costume. On se fréquente entre soi. On se choisit entre soi. Ces choses-là bien sûr existent encore, existeront encore dans des décennies, dans ce milieu les traditions perdurent. On tient bon. On ne lâche rien. On maintient coûte que coûte les apparences : elles constituent le cœur même d'une réalité que l'on partage entre individus d'une même classe sociale. Là-bas, il semblerait qu'on ait oublié que les masques sont faits pour tomber, que derrière les masques se trouve la peau, que c'est elle qui a toujours raison. Le dehors a dévoré le dedans.

Nous sommes en 2010, ravages de la situation économique, tant d'existences précaires, de vies tenant à un fil, pourtant, dans ces quartiers, ces fêtes, qui coûtent des fortunes, continuent à se donner, et cela semble, à tous ces gens, parfaitement normal. On vit entre soi, on ferme les yeux sur le monde et ses trépidations vulgaires. Les désordres du temps ne passeront pas par nous. Il en a toujours été ainsi.

Ma mère, dans un sursaut de lucidité, avait tenu bon : elle avait refusé que ma sœur et moi fassions partie de ces rallyes. Dans ma classe, nous n'étions que trois à être dans ce cas. Les deux autres jeunes filles étaient d'origine étrangère, l'une syrienne, l'autre polonaise. Des mères de l'école avaient appelé ma mère à plusieurs reprises, doucereuses dans un premier temps puis offusquées, arguant que ma sœur et moi risquions de faire de drôles de rencontres, d'avoir de mauvaises fréquentations. Je me souviens de ma mère, d'ordinaire digne et souriante avec ces dames, se départant rarement de son calme, parlant soudainement fort au téléphone, s'agitant, tempêtant, s'écriant que jamais, au grand jamais, elle n'inscrirait ses filles dans ces « machins » pour jeunesse dorée à particule. Qu'elle préférait prendre le risque des mauvaises rencontres plutôt que celui des fréquentations imposées. Que, lorsqu'elle avait notre âge, ses parents la laissaient libre de sortir avec qui elle voulait. Elle avait raccroché, excédée, ses yeux noirs brillant de colère, s'était tournée vers moi qui l'écoutais bouche bée et exclamée : « Ah ça non, mes filles, tant que je serai en vie, hors de question que vous alliez dans ces rallyes, vous irez danser avec qui vous voudrez », et j'avais eu alors la preuve irréfutable que ma mère ne faisait pas partie du même monde que ces dames au sourire mielleux et à la voix flûtée.

Ma mère, qui était une femme généreuse, obstinée dans son exigence à l'égard des autres et d'elle-même, n'a eu de cesse, pendant toutes les années où elle a habité ce quartier, de donner de son temps, de sa personne, dès qu'elle le pouvait, où elle le pouvait : à l'école que nous fréquentions ma sœur et moi, auprès des êtres qu'elle connaissait et qui habitaient près de chez nous, lorsque certains ont eu besoin d'aide ou de réconfort. J'étais sa fille, elle était mon unique modèle de mère. Cette disponibilité, cette présence aux autres me paraissaient normales. J'ai compris plus tard, lorsqu'elle n'a plus été là, lorsqu'à mon tour je suis devenue mère, ce que son attitude avait de rare : moi la première, je ne suis pas capable de cette générosité-là. Je ne suis pas capable de donner tant de temps, tant de bonté, à des êtres que je connais si peu.

Lorsque mon père a su qu'il devrait effectuer sa peine et que ma mère, simultanément, a appris qu'elle était malade, et que, très vite, après seulement trois ou quatre semaines, elle n'a plus pu sortir de chez elle, et qu'il a fallu s'organiser, pour les courses, pour la cuisine, pour qu'elle ne reste pas seule, il m'a semblé qu'elle était désormais prise au piège d'un immense appartement qu'il lui était maintenant impossible de traverser seule et que cet appartement trop grand avait d'un coup été parachuté hors du quartier, hors de la ville, une comète sortie de son axe qui à présent gravitait seule : plus personne ne semblait habiter aux alentours. Ne venaient plus que les amis du passé, ceux dont l'amitié remontait pour la plupart aux années niçoises ou marseillaises, c'était en un sens une drôle d'inversion, il n'y avait plus de voisins mais il y avait un passé, qui resurgissait soudain, venant à la rescousse du vide brutal qui s'était formé autour de ma mère, l'espace s'était vertigineusement réduit mais le temps lui s'était élargi, le passé refluait par vagues, certains de ces amis habitant maintenant Paris ou la région parisienne et venant régulièrement rendre visite à ma mère, se relayant auprès d'elle, à peine entrés dans l'appartement la serrant contre leur cœur, oui, ceux qui sont venus alors, après janvier 2000, lorsque mon père était en détention et que ma mère s'en allait vers la mort, et que tout s'effritait, comme un décor qui tombe en poussière et révèle la réalité de ce qu'il recouvrait, la sidérante nudité de la misère humaine, ça a été eux, les amis resurgis des années de jeunesse. Les autres auxquels elle avait tant donné n'étaient plus là. Ils s'étaient écartés de nous d'un bloc, en silence. À croire qu'elle ne connaissait personne près de chez elle. Qu'elle venait de s'installer dans ce quartier. Pendant tous ces longs mois de janvier à octobre où tous les jours nous allions, ma sœur, mon frère et moi, voir ma mère, je ne me rappelle pas avoir croisé ces dames en cardigan de cachemire et brushing impeccable, dont j'avais entendu, toute mon enfance, toute mon adolescence, jusqu'à l'écœurement, à l'école, à la sortie de la messe, dans la rue lorsque nous les croisions, les belles paroles sur l'altruisme, la générosité, le regard aimant qu'il faut porter aux autres. Ma mère mourait, mon père, dont on parlait dans la presse, était accusé de corruption, et ces gens-là ne venaient pas. Ils avaient oublié. Ils l'avaient oubliée.

Aujourd'hui, il est très rare que je passe dans ce quartier. Je fais tout mon possible pour l'éviter. Il m'arrive de faire des détours pour ne pas avoir à le traverser, ou de refuser de me rendre à certaines manifestations parce que la simple perspective de devoir aller là-bas me donne physiquement la nausée. Lorsque toutefois je ne peux m'y soustraire, et que, chaque fois, comme si le temps là-bas ne passait pas, comme si rien jamais ne changeait, que ce quartier s'était figé depuis des décennies, je croise des petites jeunes filles qui toutes paraissent terriblement se ressembler, et ressemblent tant aux petites jeunes filles de mon époque, des femmes à la mise parfaite et foulard Hermès, collier de perles autour du cou, des jeunes hommes en veste de chasse Barbour et chaussures Weston aux pieds, mon cœur se serre, mon cœur se serre terriblement, et je sens quelque chose m'envahir, remonter de très loin, par vagues, c'est violent, c'est de la colère, et de la souffrance, c'est quelque chose qui n'est pas passé chez moi, qui ne passera jamais, dans ces moments-là je m'efforce de contrôler ma douleur, empêcher qu'elle ne me déborde, je tente d'endiguer les vagues, de les refouler, je ne veux plus perdre pied, je ne veux plus me laisser mettre à terre par *ça*, j'essaie de disparaître au-dedans de moi, de nager dans mes propres eaux, devenir un corps aveugle, ne plus rien capter du monde extérieur, je voudrais me refermer, sectionner mes antennes, ne pas me souvenir, être un corps sans passé, sans sensations, un corps accomplissant seulement ce qu'il a à faire, une succession de mouvements mécaniques – traverser une rue, faire un pas, un autre, sonner à une porte, gravir des escaliers – mais c'est impossible, me mouvoir comme une automate m'est soudain impossible, c'est la chose la plus difficile au monde lorsque je me retrouve dans ce quartier, tout en moi n'est alors précisément que sensations, déferlement d'images, déflagrations intérieures, le passé fond sur moi et m'enserre, chaque fois c'est la même chose, chaque fois je suis prise au piège, je perds la partie, je me laisse assourdir par les échos du vide, mon enfance et tout ce qui n'est plus, ma mère dont j'éprouve en plein corps le manque, je me laisse happer et alors j'abandonne, je ne lutte plus, je m'enfonce dans un plaisir douloureux, je me laisse glisser vers ce que j'ai perdu, je redeviens l'enfant, la petite fille, celle qui ne sait pas, et tout lentement se brouille et se noie, j'erre je ne sais plus où ni quand, je perds mes repères, je perds mon présent, je traverse des rues en étreignant des fantômes auxquels je ne sais pas même donner de nom, autour de moi les eaux montent et je suis envahie par ce qui a disparu, par ce qui nous a trahis, ce quartier, ces gens, cramponnés aux apparences, devenus si silencieux lorsque mon père et ma mère sont tombés, des ombres qui nous ont tourné le dos, et toujours, toujours au cours de cette errance cette morsure en appelle une autre, je pense à mon père qui me paraissait si grand lorsque j'étais petite et que j'habitais là, que je traversais ces rues, que je contournais ces façades, je pense à mon père que j'aimais d'un amour fou et silencieux de petite fille éblouie, et je sais que, plus encore que celle de ma mère, c'est cette disparition qui me hante, la disparition du père de mon enfance, que je regardais les yeux levés vers le ciel, dont la grandeur m'élevait alors, et qu'aujourd'hui encore je m'obstine à chercher, les yeux ouverts fouillant au plus loin, au plus haut, et ne trouvant rien, et m'affolant de ce vide contre lequel je n'en finis pas de m'écraser, alors même que je sais, depuis longtemps, que ce père-là n'existe plus, qu'il n'a peut-être même jamais existé, ayant sans doute été un mirage, la projection de mon regard d'enfant, ce père tant aimé de mon enfance, ce père, que je ne retrouverai pas.

J'habite depuis longtemps à l'exact opposé géographique du seizième arrondissement. À l'extrême est de Paris. J'ai habité plusieurs années la ville de Bagnolet, en proche banlieue parisienne, j'habite aujourd'hui le vingtième arrondissement. Je me souviens, la première fois que j'ai parcouru les rues de Bagnolet et visité la petite maison dans laquelle j'allais habiter plusieurs années, très peu de temps après la mort de ma mère, avoir éprouvé un incroyable sentiment de liberté. Je marchais et je me sentais légère. Je marchais et je sentais quelque chose se dénouer. Comme si là-bas, enfin, je pourrais véritablement respirer. Les personnes que je croisais, auprès desquelles j'allais vivre, qui ne portaient ni collier de perles ni foulard Hermès, ni Weston aux pieds, et ne savaient sans doute pas ce qu'est une Barbour, étaient des êtres vivants et non des masques grimaçants. Je n'étais plus dans un décor qui pouvait à tout moment disparaître, à l'instant même où j'aurais éprouvé le besoin de le toucher. Rien ni personne, du temps du vivant, ne pourrait plus tomber en poussière.

Tu n'as jamais raconté comment c'était là-bas. L'odeur, le bruit, les autres. À quoi ressemblait ta cellule, comment étaient disposés les deux lits. Combien de sas à passer, d'effets personnels à déposer, de fouilles à accepter, avant de te retrouver dedans. Être incarcéré, c'est être dedans et avoir perdu la possibilité du dehors. C'est ce que j'ai compris chaque fois que je me suis rendue en milieu carcéral pour y faire des lectures. Chaque fois les détenus le disaient. C'est même une des premières choses qu'ils disaient. Ça sortait d'eux comme une obsession, une obsession dont on aurait dit qu'ils ne pouvaient en faire véritablement le tour. Une réalité sidérante qu'il fallait dire et redire tant on ne pouvait s'y faire : On est dedans. Ici, on est dedans. Lorsque je venais faire une lecture, je pouvais passer quelques heures avec eux, je n'étais pas dedans : je venais du dehors, après la rencontre je retournerais au-dehors. Même à leurs côtés, entre les murs de la prison, j'étais dehors. En prison, le dehors et le dedans ne se rejoignent jamais. Il n'y a aucune brèche possible. Même pour ceux à qui on a dit qu'un jour, ils sortiraient. Même pour eux, le dehors n'existe plus. En prison, il n'y a plus qu'un présent, qui absorbe tout. Ce présent, c'est l'enfermement. Le reste du temps, l'espace même sont avalés.

Tu ne m'as jamais dit tout ça. Tu ne m'as jamais dit la peur, le sentiment d'humiliation, la solitude. Tu m'as simplement avoué une fois que tu redoutais chaque jour de ne pas être rentré à l'heure en fin de journée. Tu n'avais pas droit au retard, sous aucun prétexte. Même si tu travaillais. Même si ta femme mourait. Tu étais détenu. Il fallait être à vingt et une heures entre les murs.

Étiez-vous nombreux ? Y avait-il un quartier d'hommes et un autre de femmes ? Observais-tu les autres ? Leur parlais-tu ? T'étais-tu lié avec l'un d'eux ou bien restais-tu silencieux ? Comment se passaient les repas ? T'asseyais-tu toujours à la même table ? À côté des mêmes personnes ? Te sentais-tu avec eux ? T'a-t-on demandé pourquoi tu étais là ? Où tu habitais ? Ce que tu faisais en journée ? Que répondais-tu ?

Toi qui redoutes tant la solitude, à quoi pensais-tu, le soir, au moment de te coucher ? Prenais-tu un livre ? Échangiez-vous quelques paroles toi et le jeune codétenu avec lequel tu partageais ta cellule ? Ou bien avalais-tu un somnifère dans l'espoir de t'endormir d'un coup pour que ça passe, pour que ça passe au plus vite ? Pour oublier ?

La prison t'a changé. Tu n'as rien raconté, mais tu n'es plus le même. Tu ne sais pas que ceux qui te connaissaient avant le savent. Tu ne t'en rends pas compte. Tu crois avoir bien dissimulé. Tu crois peut-être même en être sorti indemne. Tu me fais penser à ces enfants qui pensent avoir caché quelque chose et ne se doutent pas que leur regard devenu soudain différent est la preuve même de leur dissimulation. Il y a eu une cassure. Tu continues à vivre avec la prison en toi. Tu n'en es pas complètement sorti. On n'en sort peut-être jamais complètement. Maintenant tu as peur. Tu vis avec la peur. On la sent en toi, sur toi, partout. Tu sors, beaucoup, tu voyages, beaucoup, devant tes amis tu souris, beaucoup, mais au fond de toi tu as la trouille. Il y a quelques mois, nous avons fait ensemble des courses pour le repas de Noël. Nous sommes très rarement tous ensemble. C'était une occasion. Nous sommes allés au supermarché. Je t'ai vu faire : tu regardais tous les prix. Tu comparais. Tu prenais peu. Tu faisais attention. Sur le moment, je n'ai pas compris. Je t'en ai voulu : tu as de l'argent. Tu n'en manques pas. Tu as toujours été généreux avec ceux que tu aimes. C'est quelques jours après que j'ai compris : ça n'a rien à voir avec l'argent que tu possèdes. Au-dedans de toi maintenant tu es en manque. Tu seras toujours en manque. Il faudra toujours faire attention. En prison, tu as été dépossédé. Je ne pense pas aux objets personnels qu'on te confisquait à l'entrée, bien sûr. Mais à tout ce qui confère à un homme sa dignité : la liberté, l'intimité, le temps. En prison, toi qui vivais dans l'aisance, qui possédais, qui jouissais d'un prestige, toi dont la vie était moelleuse, confortable, privilégiée, toi qui pour toutes ces raisons et d'autres encore depuis longtemps étais intouchable, d'un coup tu as été mis nu. D'un coup on te violentait, on touchait quelque chose au plus profond de toi. Ce qui a été touché ne peut pas redevenir vierge. Une part de toi est restée dépossédée. Tu ne pourras jamais rattraper ça. La prison a fait ça chez toi. Cette marque à vie.

Tu es né le 28 décembre 1941 à Nice. Tu es fils unique. Tes deux parents sont pharmaciens. Ta mère est la fille d'un Français d'Algérie, directeur entre les deux guerres du casino d'Évian. Il est juif. Il a longtemps eu de l'argent, des relations, du pouvoir. Soudain l'époque bascule, du bleu le ciel vire au noir, du jour au lendemain cet homme perd tout. La famille passe d'un train de vie luxueux, mondain, à la lutte pour la survie. Elle connaît d'un coup la solitude. On est traqué. On a honte d'être traqué. On se cache. Lorsque tu nais, les ombres de ce traumatisme n'ont pas desserré leur étreinte sur celle qui te met au monde. Toute sa vie, ta mère se vouera exclusivement à toi. Elle sera ton roc, ta première alliée dans tous les domaines, celle sur laquelle tu pourras toujours compter. Elle s'arrête de travailler les six premières années de ta vie pour se consacrer à toi. Jusqu'à tes sept ans tu n'en fais qu'à ta tête : tu tires la langue aux voisins, tu cries, tu te roules par terre, tu dis non à tout, tu refuses de t'endormir si ma grand-mère ne s'allonge pas auprès de toi. Le jour de tes sept ans, tu décrètes que tu as atteint l'âge de raison et tu cesses subitement tes colères. Tu t'endors tout seul. Tu deviens raisonnable. Un enfant sage. Parfait. Personne ne s'en inquiète. À partir de ce jour tu continueras à n'en faire qu'à ta tête mais tu as compris que la meilleure des armes est la douceur. C'est elle que tu affiches désormais en toutes circonstances. Tu obtiens ton bac scientifique avec plus d'un an d'avance. Le jour du bac, tu annonces à ta mère que tu es reçu. Elle te fait part de sa satisfaction. Elle apprendra un peu plus tard par un de tes amis que tu as obtenu la mention Très Bien avec les Félicitations du jury. Après ton bac, tu fais tes classes préparatoires au lycée Masséna de Nice. Tu es reçu, avec ton meilleur ami, Jean-Louis Beffa, qui toute ta vie restera ton meilleur ami, à l'École polytechnique. Tu en sortiras bien classé, dans le corps des Ponts et Chaussées. Tu fais tes deux ans de service militaire. Période un peu floue. Je sais que tu t'es retrouvé en Algérie. Tu as souvent raconté que tu n'y avais rien fait mais un jour failli y mourir. Une balle perdue lors d'un entraînement. Tu as juste eu le temps de baisser la tête. Toi qui as si rarement évoqué des souvenirs personnels, cet épisode, tu l'as raconté à plusieurs reprises. Mille fois j'ai cherché à me représenter la scène, mon père esquivant une balle lui sifflant aux oreilles. J'essayais de composer quelque chose avec cette matière que tu me donnais, qui me parlait enfin un peu de toi. J'imaginais une scène digne d'un western spaghetti : toi, jeune polytechnicien n'ayant jamais touché une arme, plus habitué à avoir la tête dans les livres que le corps dans la terre, débarqué dans le désert algérien, baissant d'un coup la tête. Tu as toujours raconté cette histoire en riant, comme s'il s'agissait d'une histoire drôle. Tu n'as jamais dit que l'Algérie était la terre qu'avait connue et aimée une partie de ta famille. Chez toi personne n'en parlait. L'Algérie, chez nous, c'était un autre nom pour la douleur et la honte. Tu es très amoureux de ma mère. Tu l'as rencontrée à Nice. Tu poursuis tes études : Sciences Po. Tu te maries un mois de juillet. Tu as réussi à conquérir le cœur de tes beaux-parents italiens. C'est sur le salaire de ma mère que vous vivez alors. Elle fait de la recherche à l'Institut Pasteur. Des expériences sur les rats. Les rats selon elle sont les animaux les plus intelligents au monde. On ne peut pas réitérer une même expérience car dès la deuxième fois ils ont compris ce qu'on attend d'eux et faussent les résultats. Un jour que tu étudies chez toi on sonne à la porte, une femme te propose d'acheter des torchons de cuisine. Tu n'oses pas refuser. Tu achètes tout son stock. Une cinquantaine de torchons. Tu engloutis d'un coup l'argent du mois. Ma mère hurle et t'oblige à retrouver la femme pour lui revendre une partie des torchons. Puis, premier poste. Tu entres au port de Marseille. Je ne sais pas très bien ce que tu y fais. Je sais que vous y êtes heureux. Sur toutes les photos que j'ai retrouvées de ces années, toi et maman rayonnez. Ma sœur y naît en mai 1970, moi en décembre 1972, mon frère en février 1977. C'est après la naissance de mon frère que vous quittez Marseille pour venir vivre à Paris. Tu viens d'être embauché à la Compagnie Générale des Eaux, dans la branche Eau. Tu y feras toute ta carrière, occupant des postes de plus en plus prestigieux. Ma mère ne travaille plus. Nous habitons un grand appartement dans le très chic seizième arrondissement. Tu es nommé en 1989 directeur des activités de distribution d'eau en France et Grande-Bretagne.

Tout ça, ta vie. Le parcours d'un succès. Un parcours français, ligne classique et droite. À partir de ta mise en examen, la linéarité fout le camp. Plus rien n'ira droit.

J'ai rarement rencontré des personnes comme toi, chez lesquelles on pressent, derrière ce qu'elles donnent à voir d'elles-mêmes, une telle épaisseur trouble. Tu fais partie de ces êtres qui sont surtout ce qu'ils ne montrent pas, ce qu'ils ne disent pas, ce qu'ils n'exposent pas. Lorsqu'ils vous quittent, ils laissent dans leur sillage quelque chose de puissant qui va bien au-delà de leurs paroles ou de leurs actes. Ce sont, tu le sais, des individus terriblement attirants car face à eux, on n'a qu'une envie : passer de l'autre côté. Du côté de l'ombre, du trouble. Pénétrer les terres secrètes.

C'est toi qui m'as appris, sans le savoir, à aimer ces êtres. Longtemps, j'ai cru n'aimer que la clarté. Je la recherchais. Je m'y réfugiais. Je voulais à toute force y couler ma vie entière. Je sais aujourd'hui ce que cette quête avait d'artificiel, et que rien ne me bouleverse plus que l'ombre et ceux qui s'y débattent : les êtres troubles et complexes, forcément faillibles, forcément contradictoires. Ceux qui doutent et sans cesse font et défont, ceux qui préfèrent les longs détours aux lignes les plus droites, qui ne se sentent jamais arrivés nulle part. Eux peut-être ne trichent pas. Le monde ne sera jamais en ordre et nos vies non plus. Si j'avais eu un autre père, peut-être tout cela aurait-il été différent. Plus le temps passe, moins j'ai peur du désordre. J'aime sa part d'humanité et de vérité. Il me semble que c'est là que gisent les plus intenses pulsions de vie, puisque c'est là qu'elles ont le courage d'affronter ce qui en nous ressemble à la mort. S'il y a une vraie lumière, c'est sans doute là qu'il faut la chercher. Grâce à toi, je sais me mouvoir en eaux troubles. Tu ignorais peut-être que tu m'avais donné ça. J'aimerais savoir t'en remercier.

Ton parcours jusqu'au début des années quatre-vingt-dix semble d'une parfaite linéarité. Mais je me demande s'il ne me raconte pas moins de toi que cette phrase que je t'ai parfois entendu prononcer, à voix toujours très basse : « Moi aussi, tu sais, j'ai toujours rêvé d'écrire. »

Alors, à présent que nous sommes toi et moi l'un en face de l'autre enfin, que je t'ai fait venir jusqu'à moi mot après mot, même si nous ne sommes pas tout seuls puisque d'autres sont là qui nous écoutent mais n'aie pas peur des autres, s'ils sont là autour de nous c'est qu'ils attendent la même chose que moi, la même chose que nous, ils attendent que nous disions, que nous crevions la bulle de silence dans laquelle nous sommes pris au piège, que maintenant nous nous en sortions, ils attendent parce que eux aussi ont besoin de dire, tu dis que ce n'est pas leur histoire et pourtant c'est bien la leur, c'est exactement la leur, ils le savent, ils l'ont reconnue, à chaque livre ils la reconnaissent, à chaque livre c'est leur histoire, on a tous des monstres cachés, même les enfants ont des monstres cachés, des monstres effrayants qui leur rongent la tête et le corps, ces monstres qui nous abîment et nous emmurent, dont il est terrifiant de parler parce que libérer ces monstres engendrera croit-on quelque chose de terrible, de plus effrayant encore que la mort, quelque chose qui ressemble au déshonneur, à la disgrâce, on y songe et cette perspective nous épouvante, on se dit que c'est impossible, on ne pourra pas, parler de ses monstres c'est être instantanément rejeté hors du monde, c'est ne plus avoir droit au regard des autres, or c'est pourtant exactement l'inverse qui toujours se produit, de cela je suis certaine, nos monstres ne sont monstres que pour nous, nos monstres ne sont rien pour les autres, des petites misères dérisoires, des petits désastres dont ils se disent que ce n'était rien, absolument rien, tout ça pour ça, se foutre une vie en l'air pour ça, mais bon sang qu'est-ce qu'on avait dans la tête, oui n'aie pas peur des autres autour de nous, ils sont très attentifs, ils sont très bienveillants, ils savent ce qui nous arrive, alors maintenant que nous sommes là tous les deux dis-moi de quoi tu as honte. Dis-moi pourquoi tu t'obstines à cacher, de toutes tes forces, ce qui peut être encore caché. Tu tends un voile sur ce pan-là de ta vie, tu ne parles pas de ce qui t'est arrivé dans l'espoir qu'à force, on oublie, qu'à force, notre oubli fasse disparaître ce qui s'est passé, ça tomberait au fond d'un trou, ça serait annulé, on se serait délestés d'un poids énorme, on serait presque légers à nouveau, comme avant que tout ça ne survienne, comme avant dans la vie heureuse. Comme ces gens qui ont tué et vite enterrent le corps au fond du jardin, et veulent se persuader que tout est fini puisqu'il n'y a plus aucune trace au-dehors, mais les traces c'est au-dedans de nous qu'elles font leur chemin, qu'elles font leur tumulte, qu'elles nous réveillent la nuit, qu'elles nous rendent fou, rien n'est fini quand on enterre le corps, tu sais bien que la débandade ne fait que commencer. Oui, tu sais bien que tu te trompes, tu le sais parfaitement, mais tu t'arc-boutes à cette idée, tu ne veux pas lâcher, tu invoques des raisons, tu brandis des boucliers, tu dis qu'aujourd'hui tu travailles avec des personnes qui ne savent pas, elles ne doivent pas savoir, tu protèges, tu interdis l'accès, tu fais barrage, tu ne vois pas qu'en tendant un voile tu convoques l'ombre, tu rends ce que tu as vécu honteux. Nous sommes rentrés avec toi dans le cercle parfait et infernal de la honte, avec toi nous avons caché, avec toi nous avons tu, peu à peu ce que nous avons caché a ressemblé à un monstre, menaçant, difforme, peu à peu nous nous sommes effrayés de ce que nous cachions, le monstre grandissait, débordant de toutes parts, nous ne pouvions plus parler, nous étions pris au piège.

Mais moi je n'ai pas eu honte, il y a dix ans. Je n'avais pas envie de cacher. J'aurais, au contraire, tellement aimé dire. Parler de toi, mon père, de ta condamnation, de ta chute soudaine. De ta vie qui d'un coup s'était cassée. De ma mère qui mourait. Tenter de nommer l'effroi afin de ne pas perdre pied, ne pas sombrer. Garder raison. Mais je restais sans voix. Le téléphone sonnait et la plupart du temps je ne décrochais pas. J'écoutais la voix des amis demandant des nouvelles. Je captais leur chaleur, je l'absorbais. Mais je demeurais sans mots, impuissante à relier mon univers au leur. Ce n'est pas que j'étais loin d'eux : j'étais ailleurs. Là où les autres ne pouvaient plus me rejoindre. J'étais sortie d'un axe. Déraillement brutal. Ce que nous vivions, toi, ma mère, ma sœur, mon frère et moi, me paraissait appartenir à un nouvel univers, apparu en janvier 2000, dont jamais auparavant je n'aurais pu soupçonner l'existence. Personne chez nous ne parlait. Moi non plus je ne parlais pas. J'étais devenue un corps assailli par des vagues auxquelles je ne résistais plus, je me laissais emporter, je me laissais partir. Je suivais jusque dans la noyade le corps des miens.

Je me souviens d'une phrase de ma mère, quelques semaines avant sa mort. C'était l'été. J'étais assise à côté d'elle. Je ne sais plus de quoi nous parlions, soudain je l'ai vue tourner son visage vers moi, elle pleurait. Elle a prononcé cette phrase que je n'ai pas oubliée : « Nous ne sommes pas une famille normale. » Je suis restée saisie. J'ai essayé de lui dire que les familles normales, ça n'existait pas, que ça ne voulait rien dire, que toutes les familles étaient différentes. Elle a secoué la tête. Pour elle, les familles normales existaient. Nous n'en faisions pas partie. Nous avions sans doute pu dissimuler longtemps, maintenant nous ne pouvions plus cacher la vérité : nous étions des anormaux. Nous étions des honteux. À quelques semaines de sa mort, alors que tout pour elle allait finir, et qu'elle le savait, ce qui l'obsédait, c'était cette pensée.

Ce qui minait ma mère dans ses derniers instants, je crois qu'il en est resté dans notre famille des germes qui, d'année en année, loin de s'effacer, ont proliféré, nourris par notre silence. Dix ans après, la honte continue son travail souterrain de dévastation.

Je n'ai pas eu honte en 2000. J'ai eu honte plusieurs années après. Je me suis sentie diminuée. Souillée. Ce dont j'avais honte n'avait rien à voir avec les actes établis de corruption. Je sais maintenant qu'il n'y a sans doute pas grand-chose à chercher, à comprendre, dans le fait que tu aies versé de l'argent au pouvoir en place pour obtenir un marché. Il n'y a là que la révélation de l'homme que tu étais, de l'être qu'on est tous, une mise en lumière de nos propres limites. Qui est suffisamment libre pour se croire sans limites ? Pour pouvoir affirmer n'avoir jamais joué le jeu d'aucune corruption ? Je me trompais en croyant devoir chercher là quelque chose. En un sens tu n'as pas tort : ce n'est pas là qu'il y avait quelque chose à chercher. Ce n'est pas là non plus qu'il y avait quelque chose à trouver.

Ce dont j'ai eu honte, c'est de notre silence autour de ces événements. J'ai eu honte de ne pas avoir provoqué sa mise à mort plus tôt. Ne pas être parvenue à te regarder droit dans les yeux, à te demander de cesser de sourire, à exiger que tu racontes. M'être abaissée à terre devant toi, m'être soumise, une fois de plus, une fois de trop, devant ton regard qui faisait semblant de ne pas être perdu et dont je ressentais pourtant tant le désarroi, et qui m'implorait de ne pas poser de questions, de ne pas juger. T'avoir laissé une fois encore mener la danse, alors même que j'aurais pu, enfin, peut-être, me dresser devant toi, de mon corps, de mes mots.

Oui, j'ai honte d'avoir accepté, pendant dix ans, au nom de l'amour, de me taire. Si le sentiment est si vivace, la morsure si profonde, c'est parce que ce pacte tacite n'est qu'un dérivé du pacte original, celui dont je ne sais à quand il remonte ni pourquoi il a été établi, celui dont j'ai perdu trace et qui me lie à toi depuis toujours : le silence. La honte a sans doute moins à voir avec ce que l'on a fait qu'avec ce que l'on est. Ma honte provient d'avoir échoué, si longtemps, à prendre vie devant toi ; être restée une forme indistincte de la tienne. Pendant des années, ce fut un sentiment si ancré en moi qu'il me semblait parfois que si on avait doucement déchiré ma peau pour découvrir ce qu'il y avait dessous, c'est la première chose qu'on aurait vue : la honte.

Depuis que j'ai commencé ce livre, mot après mot, la honte s'efface. Je n'aurai plus peur de montrer ma peau.

Tu aimes les hôtels et les restaurants chic, j'aime les bistrots et les lieux simples. Tu ne sais te déplacer qu'avec ta grosse voiture munie d'un GPS, je ne prends que le métro et l'autobus. Tu détestes plus que tout te rendre dans un centre commercial, j'aime flâner dans les rayons des grands magasins. Tu m'offres parfois à Noël des bijoux, je n'en porte jamais. Tu aimes les opéras, j'aime la voix nue et la chanson française. Tu es systématiquement en retard, je suis pathologiquement en avance. Tu es attaché à ton train de vie aisé, je vis avec très peu. Tu préfères la montagne à la mer, je sais aujourd'hui que je préfère la mer à la montagne. Tu parais toujours très calme, mon émotivité saute aux yeux de tous. Tu es très rationnel, je suis parfaitement irrationnelle.

D'où vient que nous sommes pourtant si ressemblants, presque les mêmes ?

Je tourne autour de toi. Je rôde. Je te cherche. T'observe. Parfois je crois capter quelque chose de toi, un éclat. Comme toi je deviens alors un aigle. Je fonds sur toi. M'empare de la chose. Je m'éloigne aussitôt, pour t'échapper. J'ai besoin de calme pour explorer mon butin. J'ai besoin de le mettre en mots. Chaque fois ce n'est pas assez. Chaque fois c'est quelque chose, mais ce n'est pas le tout.

À nos amours, le film de Pialat. Une nuit, le père est chez lui. Il traîne, repousse le moment du coucher. Sa fille Suzanne est sortie. Elle rentre. Ne fait pas de bruit. Se regarde dans une glace. Avec un coton, essuie lentement sur sa bouche ce qui lui reste de rouge à lèvres. Elle traverse l'appartement sur la pointe des pieds. Tombe sur son père. Ces deux-là n'ont pas l'habitude de se parler. Ils n'ont pas l'habitude d'être ensemble. Ce soir, c'est différent. Ils n'ont pas le choix. Il fait nuit, ils sont dans la cuisine, deux animaux qui se cherchent, qui ne savent pas, qui se tournent autour, ils se jaugent, ils sont maladroits, c'est peut-être la première fois qu'ils sont seuls, la nuit, dans une cuisine, aussi près l'un de l'autre. C'est intime, ça les prend à la gorge, on les sent capables de n'importe quoi, deux fauves prêts à bondir, à s'enfuir, à s'empoigner, à se serrer dans les bras. On ne sait pas. Tout est possible. Un à un les mots viennent, crevant le silence. Le père annonce à Suzanne qu'il va les quitter. Il dit : « Arrive un jour où on en a marre. » Il dit ça et, dans sa voix, c'est la lassitude d'un homme, la lassitude d'une vie. La mort du désir. Quelques instants après, il est très proche de Suzanne, son visage juste au-dessus du sien, elle a les yeux très clairs, aussi clairs que la nuit autour d'eux se fait lourde, oppressante, il lui demande, doucement : « Tu trouves pas ça bizarre que les parents et les enfants ne veuillent jamais parler de ça ? » Elle rougit. Murmure : « Parler de quoi, de… ? » Il répond : « Oui, de. »

Voilà : toi et moi, c'est comme ça. On se tourne autour. On n'en finit pas. On en devient fou. Ma voix défaille. La tienne est claire. Ma peau rougit. La tienne ne trahit rien. On prononce des mots. Pas ceux qu'on aimerait dire. Les tiens sont clairs. Les miens murmurés. On se cherche. On s'est pourtant déjà trouvés. Depuis longtemps. Depuis toujours. Avant la nuit. On aimerait se retrouver. Dans la clarté. On sait tous les deux comme tout est possible : se sauter à la gorge. S'enfuir. S'aimer.

Nous n'en avons jamais parlé. Je ne sais pas ce dont tu te souviens. Je n'ai jamais su ce que tu avais éprouvé ce matin-là.

J'ai voulu oublier la scène, oublier les images. Je les sentais remonter parfois, se coulant entre les interstices de mon oubli. Chaque fois je les ai rejetées, m'efforçant de toujours davantage combler les interstices : je ne pouvais pas les revoir. Elles avaient gardé quelque chose d'insoutenable. Mes yeux ne pouvaient revoir ce qui avait été si nouveau, si effrayant, si interdit.

Cette scène, pendant des années, est demeurée en moi semblable à une nappe d'huile noire, dont je savais qu'elle pourrait un jour brusquement tout recouvrir, avoir raison de moi.

Aujourd'hui, je n'ai plus peur. Même de ça je n'ai plus peur. Peut-être une des raisons obscures à l'écriture de ce texte était-elle de refluer mot après mot jusqu'au bord de cette première implosion. À présent j'ouvre les yeux, j'ouvre ma mémoire, je convoque la scène. J'entre dans sa déflagration.

Ça s'est passé à Venise, je devais avoir dix ans, onze ans tout au plus. Ma mère et mon père nous emmenaient parfois l'été quelques jours en Italie. Ces brefs voyages figurent parmi mes souvenirs d'enfance les plus heureux. Le jour nous marchions dans la ville, le soir nous dînions dans des trattorias. Ma mère était joyeuse, mon père l'était aussi. Lorsque je songe à ces instants, ne me reviennent en mémoire que gaieté et douceur. Était-ce parce que nous nous trouvions en dehors de nos frontières habituelles, dans ce pays auquel ma mère se sentait appartenir ? Parce que, hors de chez nous, les rapports, les regards, ne pouvaient être que différents ? Je ne me rappelle pas moments plus légers. Si j'ai entrevu, durant mon enfance, quelque chose de l'ordre de l'abandon, c'est à ces journées italiennes que je le dois.

Cet été-là, on nous avait prêté un appartement dans un vieil et somptueux palazzo vénitien, vide et délabré. Je me souviens encore du bruit de nos pas résonnant dans le très haut escalier qui menait à l'appartement. Tout était beau, d'une beauté poignante à couper le souffle.

C'est le matin. Nous venons de prendre le petit-déjeuner. Nous nous préparons avant de partir dans la ville. Je suis prête la première. J'ai besoin de demander quelque chose à ma mère. Je traverse l'appartement, j'entre sans frapper dans la chambre de mes parents.

Il y a dans la chambre un lavabo. Devant le lavabo, un paravent. Les panneaux du paravent sont ouverts. Je cherche ma mère et n'aperçois pas tout de suite mon père. J'appelle ma mère. Je tourne le visage sur ma droite. Et je te vois. Nu, au bord du lavabo, tu te laves. Tu te tiens légèrement courbé. Tu es le premier homme que je vois nu. Tu es mon père et tu es le premier homme dont je vois le sexe. Tu es en train de te laver le sexe. Je te vois, toi mon père dont je n'avais jamais imaginé que tu étais un homme, nu.

Chez nous, la nudité était cachée. Rien n'était montré. Les corps n'existaient pas. On n'en parlait pas. N'existait que le haut : la tête, l'énergie cérébrale – ce qui permet de penser.

Tu n'avais pour moi jamais été un corps. Tu avais toujours été un regard d'aigle dont j'attendais qu'il me regarde enfin.

Tu avais soudain un sexe. Tu le lavais. Je voyais pour la première fois ce qu'était un homme. Et cet homme c'était toi, mon père.

Voir, ce matin-là, c'était d'un même regard découvrir et comprendre : tu avais aussi un sexe. Tu étais aussi ce sexe.

Tu lèves la tête. Il y a dans ce très bref mouvement une brusquerie et une douceur mêlées. Que se passe-t-il en toi à cet instant ? Je ne le sais pas, je ne le saurai jamais. Quelque chose vient d'exploser dans ma tête, dans mon ventre, dans mon corps entier. Quelque chose vient de se déchirer. Je suis passée en une fraction de seconde à mille lieues de là où j'étais l'instant d'avant. J'ai en une vision franchi deux frontières : celle de la découverte du corps d'un homme, celle de la vision du corps de mon père. J'ai vu ce que je ne savais pas, et ce que je ne devais pas voir.

J'entends ta voix, légèrement étouffée. Tu dis simplement : « Comment ? »

Je dis : « Rien. Il n'y a rien », et je sors de la chambre. Je m'enfuis.

Il m'a fallu plus de vingt-cinq ans pour quitter cette chambre. Pendant toutes ces années je suis restée ta fille, absorbée tout entière par la vision de ton corps nu, pendant toutes ces années je n'ai pu être autre chose que cette fille qui n'en finissait pas de surprendre avec effroi le corps nu d'un homme qui était son père.

Plus tard, après, longtemps, jusqu'à très peu, en amour, celle qui aimait, qui était aimée, celle qui éprouvait, qui était nue contre un autre corps nu, qui caressait, qui était caressée, c'était la fille. J'étais comme le cheval attaché dans son enclos qui ne peut galoper dans les collines : j'étais retenue. Les hommes que j'aimais étaient ceux à travers lesquels je te cherchais. Comme les tout petits enfants ont besoin pour s'endormir d'un tissu portant l'odeur de leur mère, il me fallait pour aimer retrouver quelque trace de toi. Je ne savais pas aimer hors de toi, toi que pourtant je ne parvenais pas à atteindre. Tu avais été le premier corps d'homme que je voyais et je restais captive, prise dans le sillage de ce corps.

Un père n'a pas de sexe. Il ne fait pas l'amour. Il ne caresse pas, ne gémit pas, ne jouit pas.

Un père n'est pas un homme.

Pendant toutes ces années je n'ai pu revoir ces images, elles restaient interdites, elles restaient impossibles, moi qui étais ta fille et rien d'autre. Les revoir c'eût été m'y perdre.

Oh mon père, regarde comme nos vies ont changé. Au lendemain de la mort de ma mère tu aimais une autre femme, si différente de celle qui m'avait mise au monde. Je t'ai vu la toucher, l'étreindre, caresser sa joue, l'embrasser, toi qui devant nous jamais ne touchais notre mère. Je t'ai vu te laisser pousser les cheveux autrefois toujours coupés à ras, troquer tes lunettes à monture épaisse contre d'autres plus rondes et plus légères, porter des jeans toi que je n'avais jamais vu en porter, entreprendre des voyages tout autour du monde, sortir le soir lorsque tu étais à Paris. J'ai lu dans tes yeux la lumière de ceux qui sont tombés mais ont envie de renaître. Tout recommençait, et c'était si différent d'avant.

Nos éveils ne pouvaient-ils se produire qu'au même moment ? C'est à la même période que je suis sortie de l'enclos. Ça m'a pris un matin, le désir était là, violent. J'ai eu envie d'y céder. J'avais faim, faim de vivre. J'ai rompu la longe qui me retenait à toi, je suis partie dans les collines. De toutes les histoires que j'ai découvertes dans mon enfance, je n'ai pas oublié celle de la chèvre de monsieur Seguin, qui avait tant envie d'aller dans la montagne bien qu'on lui en ait dit tous les dangers, qui s'est battue toute la nuit et au petit matin a fini par succomber. Je mourrai peut-être moi aussi dans les collines, mais là tout y est si beau, si libre, si sauvage. Là le temps n'y est plus le même. Il ne se déroule plus : il se fend et s'ouvre, vertigineux. Un jour, une nuit, voilà l'éternité. Je ne reviendrai plus dans l'enclos. Je me suis détachée de ma longe, je suis sortie de la chambre vénitienne. Je me suis arrachée à toi.

Nous sommes sortis de l'hiver. Je rentrais chez moi hier en fin d'après-midi, la lumière était claire, l'air très doux. Je me suis arrêtée quelques instants. J'ai regardé au loin vers le boulevard de Ménilmontant. Il n'y avait aucune voiture, le boulevard était désert. Un silence inhabituel régnait. À l'horizon, la lumière irradiait tant qu'elle paraissait tout avaler.

J'ai levé les yeux vers le ciel : il virait au rose. J'ai pensé aux soirs d'été, à Nice, lorsque tout devient rose puis rouge sang, dans un long embrasement. J'ai su soudain que le printemps était là. Les larmes me sont montées aux yeux.

C'est la première fois que le retour du printemps me fait pleurer. J'ai pensé qu'il fallait peut-être que beaucoup de jours, beaucoup de vie soit passée, pour être bouleversé par le retour du printemps. Il faut peut-être avoir compris, de tout son être, qu'un jour, pour nous, le printemps ne reviendra pas.

J'ai remonté lentement l'avenue Gambetta. L'air était d'une telle douceur que tout paraissait trembler. Au-dessus de moi, les arbres. Les bourgeons dans les arbres, le vert dans les feuilles, les odeurs âcres, la vie revenue, qui palpite, et mon corps dans cet espace, mon corps en mouvement. Mon corps dans le monde. J'ai pensé à mon père. Sa phrase m'est revenue : « On ne vit pas avec les morts, on vit avec les vivants. » Pourquoi ces mots, si douloureux à entendre quelques jours après la disparition de ma mère, surgissaient-ils à nouveau, dans cette brusque étreinte du présent ? Était-ce le printemps qui revenait ? La douceur soudaine que j'avais oubliée au cours de ce très long hiver ? Il m'a semblé que tout reprenait sens : en accomplissant ce qu'il m'avait interdit de faire, je donnais raison à sa phrase, plus de dix ans après. Je n'avais pas attendu qu'il meure pour écrire ce livre. Entre la mort et la vie, moi aussi, sans doute, bien que je vive avec mes morts, que je sens vivants en moi comme s'ils avaient choisi de nicher à l'intérieur de mon corps, de mes tissus, de mon être tout entier, entre la mort et la vie, comme lui, je choisis la vie. Je n'avais pas voulu attendre qu'il soit couché dans une tombe pour oser prendre la parole. Si j'avais attendu sa mort, j'aurais écrit un autre livre. Mais lui et moi sommes en vie. C'est pour cette raison que chaque matin, depuis plusieurs mois, tout au long de ce long automne, de ce long hiver, j'ai cherché les mots pour tenter de le rejoindre.

Nous nous sommes vus hier soir. Ça faisait longtemps. Tu m'as accompagnée passer une IRM cérébrale. J'ai depuis plusieurs mois de drôles de phénomènes à la main et au bras droits. Fourmillements, perte de contrôle, décharges électriques. Je suis droitière. On ne sait pas ce que j'ai. La neurologue m'a demandé si je n'avais pas eu de perte de langage. Elle m'a dit : « S'il y a quelque chose au cerveau, après le bras, c'est le langage. On n'arrive plus à parler. »

J'ai pensé à mon livre. Je n'ai pas osé dire à la neurologue que ma vie est une tension permanente pour ne pas perdre le langage. Que j'ai sans cesse le sentiment qu'il me faut réapprendre à parler. Que c'est pour moi d'une violence inouïe.

Tu étais très inquiet. Je l'ai senti à ton extrême douceur lorsque tu es entré dans la salle d'attente. Tu souriais de ce sourire que j'aime tant et qui m'a si longtemps perdue. Ce sourire contre lequel hier j'avais oublié de lutter. Tes yeux étaient très clairs, brillants.

Combien de fois as-tu accompagné ma mère pour ses IRM cérébrales ? Chaque fois, la mort rôdait un peu plus. Hier soir, ni l'un ni l'autre n'avons parlé d'elle. Elle était pourtant là, entre nous deux. Je ne t'ai pas regardé lorsque le médecin a dit que tout était normal. Tu te tenais derrière moi, sur ma droite. Je n'ai pas tourné mon regard vers toi. J'ai simplement senti, au ton de ta voix, à l'éclat de rire que tu as laissé échapper lorsque le médecin a prononcé la phrase, quelque chose qui s'effondrait. Le poids de toute ton inquiétude.

J'ai senti ton amour.

J'ignore tant de toi. Ce qu'est pour toi l'amour, ce qu'est pour toi la mort. Si tu crois en Dieu, si la vie te paraît brève ou longue. Si tu es heureux. Si tu as peur de mourir. Si, à soixante-neuf ans, tu as encore un très grand rêve. Toutes ces questions importantes que je ne t'ai jamais posées. Est-ce que les autres filles posent ces questions à leur père ? Est-ce qu'elles savent, elles, comment leur père aime, s'il a peur de mourir, s'il est heureux ? Moi, je ne sais rien de tout ça.

Tu sais qu'on ne recommence pas l'histoire. On n'a droit qu'à un aller simple. Nous ne ressemblerons jamais à ces couples de père et fille qui traversent l'existence paisiblement, sachant se parler, échanger des considérations quotidiennes, politiques, sociales ou existentielles, sachant rire pour un rien, légèrement : il y aura à jamais entre nous une nuit irréductible. J'ai parfois aimé imaginer qu'en cette nuit nous nous sommes rejoints, il y a très longtemps, avant peut-être que tout commence – et qu'alors cette nuit n'était pas nuit mais lumière. Depuis nous avons oublié, mais quelque chose en nous continue d'en garder trace, et se voir toi et moi c'est chaque fois se souvenir que nous avons oublié. C'est pourquoi, peut-être, les mots meurent sur nos lèvres. Mais je me trompe sans doute, cette énigme-là nous ne la résoudrons pas, et ce livre ni aucun autre n'y changera rien – on ne peut toucher à certains royaumes. Peut-être un jour, pourtant, saurai-je te dire ce qu'est pour moi la vie, combien j'y tiens. Peut-être saurai-je te dire comme j'aime m'asseoir chez moi et regarder par la fenêtre les grands feuillages des arbres se balancer dans la lumière. Peut-être saurai-je aussi te dire ce qu'est pour moi aimer. On croit qu'aimer signifie la même chose pour tous, c'est pourtant si différent pour chacun.

Tu vois, je te parle doucement maintenant, je n'ai plus besoin d'être dans le combat avec toi, je n'ai plus besoin de t'ordonner de ne pas sourire. Souris si tu le veux. Je suis forte à présent. Je sais me tenir debout face à toi et ne pas disparaître devant ton sourire et ton regard si clair. T'ai-je déjà avoué que je me suis si longtemps noyée dans tes yeux que je ne saurais en dire la couleur ? Je vais pouvoir enfin les regarder. Je vais aussi pouvoir te dire ce qui vient du plus profond de moi, ce qui me définit et n'appartient qu'à moi. Alors, reste encore un peu dans cette arène dressée le temps de ce livre et écoute ce qui me reste à te dire : qu'on en finisse enfin, qu'on en finisse avec la honte. Qu'on achève le monstre. Nous ressemblons à des enfants terrifiés qui ont vu pendant des années des ombres grandir dans le noir en croyant qu'elles étaient des loups. Ne sais-tu pas qu'à force de croire aux loups on finit par se faire dévorer par la peur ? Regarde bien partout, soulève draps et voiles, passé et instants morts : il n'y a pas de loup. Il n'y a pas de monstre. Il n'y a que toi et moi, et le monde autour de nous, et nos vies à tous, précaires, uniques, défaillantes, qui se font et se défont, et recommencent encore. Les vies immobiles, ça n'existe pas. Les hommes immobiles non plus. Trop longtemps tu es resté tout en haut et l'enfant que j'étais s'en croyait éblouie. En tombant tu m'as délivrée : je n'aurais eu de cesse, tout au long de ma vie, de te chercher sans jamais pouvoir t'atteindre. J'aurais sans doute fini par faire comme ces ballons qui se détachent de leur fil et s'envolent au loin : je serais partie ailleurs. Je me serais égarée. Papa, je ne pars plus ailleurs. Je reste ici devant toi, devant tous. C'est ici que je veux être. C'est ici que je suis bien. Dans cette vie-là, imparfaite, trop brève, intense. Vois-tu, j'ai compris quelque chose. J'ai enfin compris quelque chose. Il m'a fallu beaucoup de temps. Il m'a fallu du désespoir. Il m'a fallu la lutte intérieure que se livraient en moi mon amour pour toi et ma colère. Sous le silence qui a gonflé pendant plus de dix ans comme une blessure infectée qui, se boursouflant, pourrissait tout, nos gestes, nos corps, nos sourires, nos tentatives de dialogue, gisait ce trésor unique, qu'autrement peut-être la vie ne m'aurait pas révélé : en faisant voler en éclats tous mes repères, en provoquant ce séisme, l'effondrement du sol sous mes pieds, tu me permettais de tomber, de tomber vraiment, complètement, de tout mon corps, de tout mon être, comme jamais encore jusqu'à présent je n'étais tombée, toi tu chutais et moi je touchais terre de plein fouet, là où ça cogne, là où ça fait mal, et toutes les certitudes qui étaient les miennes et que je n'avais pas choisies, celles avec lesquelles d'année en année dans le temps immobile je m'étais construite, toutes ces certitudes d'un coup ont explosé, ta chute inouïe emportant tout sur son passage, me permettant de perdre ce qui me recouvrait, ce qui m'aveuglait. Me permettant ce rêve qu'on a peut-être tous : redevenir vierge. Ne plus rien savoir, ne plus croire en rien. Ma vie en a été bouleversée. Mon rapport aux autres, au temps, à l'amour, à l'écriture. Tout était mis à bas à présent. J'allais peut-être enfin pouvoir éprouver, pouvoir choisir.

En tombant, tu m'as ouvert une voie vers la liberté. N'est-ce pas le plus beau cadeau qu'on puisse faire à son enfant ?

L'année 2000 est passée, ça va faire plus de dix ans. Il y a eu notre souffrance silencieuse, le visage parfaitement calme que tu as tenu à afficher en toutes circonstances, ton absence de mots sur tes actes, sur le procès, sur ta détention, et, dans le même mouvement sans doute d'ensevelissement, sur la mort de ma mère. Il y a eu tout ce silence, cette honte, notre lente noyade. Tout ça est fini maintenant. On fait tomber les masques, on sectionne le fil qui retient nos vies aux longues journées de l'année 2000. On repart au présent. Qui sait, peut-être avons-nous encore beaucoup de temps devant nous.

Les livres, comme les vies, ne se finissent pas. Vient une dernière phrase, un dernier mot, un dernier point, puis quelque chose qui ressemble à du vide, qui n'en est pourtant pas. Ce livre, je vais bientôt te le donner. Tu le liras jusqu'au bout, tu n'abandonneras pas, parce que cette fois je te l'aurai expressément demandé. Je ne sais pas quelle sera ta première parole. Tu auras peut-être envie de me dire que je me suis trompée, complètement trompée, que ça ne s'est pas passé comme ça, que rien ne s'est passé comme ça. Qu'on pourrait réécrire toute l'histoire sous un autre angle et qu'alors, tout serait différent. Tu aurais bien sûr raison : il n'y a pas une vérité, alors comment l'écriture prétendrait-elle rétablir la vérité ? Il n'y a que des regards, uniques. Ce livre est mon regard.

Je t'aime. J'aurais aimé savoir te le dire autrement que dans un livre. J'aurais aimé savoir te le dire doucement, paisiblement, au cours d'une promenade que nous aurions faite ensemble, dans la forêt peut-être, je n'ai pas oublié combien tu aimes te promener en forêt. Nous deux seul à seul, sans personne pour nous écouter. Nous aurions marché sur un sentier, il y aurait eu toutes ces odeurs fortes et entêtantes, ces odeurs d'arbres et de fourrés que tu m'as fait découvrir, enfant, lorsque ma mère et toi nous emmeniez en balade. En marchant je t'aurais pris le bras, je t'aurais serré contre moi, je t'aurais dit que je t'aimais, et tout serait devenu très doux soudain, comme un flot trop longtemps retenu qui se libère enfin et l'eau qui coule, qui jaillit, qui dévale les pentes. Nous aurions continué à marcher car même cette phrase n'aurait pu rompre le cours du temps et je t'aurais parlé encore, je n'aurais plus cessé, toi et moi dans cette forêt tout au long de ce pas de deux nous aurions enfin connu ce bonheur, ce qui me paraissait auparavant impossible m'aurait paru si simple tout à coup, si incroyablement simple, je t'aurais parlé de mon lent enfoncement dans l'écriture et je t'aurais dit comme chaque livre me fait passer de la nuit au jour, comme chaque fois c'est une nouvelle naissance, chaque fois une mise au monde, mais qu'ensuite le jour ne reste pas, ensuite les nuits reviennent, toujours. Que toute petite déjà je pressentais que seuls ces arrachements successifs me permettraient d'appartenir au monde, et que je ne m'y étais pas trompée : les enfants savent parfois d'un éclair tout ce que sera leur vie. Je t'aurais dit aussi que je vis désormais peau nue, sans certitudes, mais que j'ai encore quelques croyances et que cela suffit à tracer un chemin. Il nous serait peut-être resté un peu de temps alors je t'aurais parlé encore, découvrant en moi tous ces mots qui me seraient venus comme une urgence, je t'aurais parlé de ma mère et de ce qui me reste d'elle, sa voix que je n'ai pas même oubliée, je t'aurais parlé de ce qui m'étreint le cœur au plus fort du bonheur, ce sentiment aigu que la nuit peut tout emporter et qui, sans doute, est la raison de mon attachement éperdu au temps présent.

Je n'ai pas su le faire. Toi et moi ne savons pas faire ça. Ça nous est effrayant. Ça nous est impossible. Malgré tout notre amour. On ne peut pas se toucher. On ne peut pas s'étreindre. On a besoin de longs détours, de détours infinis, pour se dire ces mots-là.

Il n'y aura pas eu de balade en forêt, pourtant, ces mots, je te les aurai dits. C'est quelque chose qui nous sera arrivé, brisant la trajectoire implacable de la vie. À présent, je sais que je peux m'en aller. En écrivant ce livre j'ai franchi le gué, je suis passée de l'autre côté, je suis passée en zone libre. Ce n'était pourtant pas la guerre, c'est vrai, mais impuissants comme nous l'étions à nous parler, à crever le silence, ça n'était pas la paix non plus. Si tu savais comme ça me plaît ici, comme tout y est plus léger, je crois que je vais y rester. J'ai retrouvé mon souffle, j'ai retrouvé mon corps. Je m'en vais vivre maintenant. Je m'en vais aimer.

En partant, je me souviens comme tout a commencé : c'était il y a un peu plus d'un an, c'était dans un autre temps, sur une autre rive. Tu ne voulais pas que j'écrive ce livre. Tu me l'avais dit. Tu me l'avais demandé. Tu y avais pensé toute la soirée, toute la nuit, tu ne voulais pas. Ou, plus précisément, tu ne voulais pas que je l'écrive maintenant. Ce livre, Laurence, tu l'écriras quand je serai mort. Voilà ce que tu m'avais dit.

Eh bien voilà, regarde : ce livre, je te le donne, je l'ai enfin écrit. Je suis sortie du silence. Je suis devenue une femme.

Laurence Tardieu
dans Le Livre de Poche

Puisque rien ne dure n° 30917

Je meurs voilà ce qu'elle m'écrit Vincent je meurs viens me voir viens me revoir une dernière fois que je te voie que je te touche que je t'entende viens me revoir Vincent je meurs. Et au bas de la feuille, en tout petit, presque illisible, son prénom, Geneviève…

Rêve d'amour n° 31209

Nous sommes le 21 juillet 2006. Il est vingt heures. Je m'appelle Alice Grangé. J'ai trente ans. Gérard Oury est mort hier. Tout cela est certain. Vérifiable. Le réel. Je marche vers un homme que je ne connais pas. Ça encore, le réel. Cet homme a aimé ma mère. Ma mère a aimé cet homme.

Un temps fou n° 31802

J'ai peur de vous revoir. Peut-être aurait-il mieux valu en rester là, comme nous l'avons fait depuis six ans, conformément à je ne sais quel accord tacite passé entre nous : ne pas nous revoir, jamais, garder au creux de nous cette longue nuit irréelle comme un secret qui n'appartient qu'à nous.

Du même auteur :

COMME UN PÈRE, roman, Arléa, 2002

LE JUGEMENT DE LÉA, roman, Arléa, 2004, prix du roman des libraires Leclerc

PUISQUE RIEN NE DURE, roman, Stock, 2006, prix Alain-Fournier ; prix Prince Maurice du roman d'amour

RÊVE D'AMOUR, roman, Stock, 2008

UN TEMPS FOU, roman, Stock, 2009

À L'ABANDON, nouvelle, Naïve, 2009

PAPIER À BASE DE FIBRES CERTIFIÉES

Le Livre de Poche s'engage pour l'environnement en réduisant l'empreinte carbone de ses livres. Celle de cet exemplaire est de :
200 g éq. CO_2
Rendez-vous sur www.livredepoche-durable.fr

Composition réalisée par PCA

Achevé d'imprimer en juillet 2013 en France par
CPI BRODARD ET TAUPIN
La Flèche (Sarthe)
N° d'impression : 3001500
Dépôt légal 1re publication : août 2013
LIBRAIRIE GÉNÉRALE FRANÇAISE
31, rue de Fleurus – 75278 Paris Cedex 06

31/6658/4